JN107961
スキル『種の図書館』で始める、のんびり気ままな領主生活
~転生したら「植物強化」しか取り柄がなかったけど、辺境開拓には充分規格外らしい~
Author うみ
ill. 又市マタロー

イドラ

辺境伯家の三男で、
前世の記憶持ち。
『種の図書館』という
植物スキルを持つも
戦闘力重視の家族の中で
浮いている。

クルプケ

イドラの使い魔であり
ペットであるマーモット。
好奇心旺盛。

ジャノ
イドラの友人の魔法使い。
脳筋揃いの辺境伯領では
珍しくイドラに好意的で、
ともにエルドへ向かう。
シャーリー
イドラ付きの犬耳メイド。
穏やかでしっかり者だが、
やや怖がりな一面も。

リンゴの木の時と同じように芽が出て
またたく間に木となった。
今回はそれで終わりじゃない。
まず木の幹が直径十メートルくらいで、
その幹の中に広い空間ができる。
その幹は地上から
三メートルくらいの高さで途切れるが、
そこから枝が捩れながら
床や壁を形成していき、
三階建の住居が出来上がった。
全長は十五メートルほどの大木と圧巻である。

Author うみ

ill. 又市マタロー

Skill『tane no toshokan』
de hajimeru,
nonbiri kimama na ryoshu
seikatsu

目次

プロローグ　枯れた大地エルド

「イドラさま、なんだか寂しい感じの村ですね……」

「そうかな？　思ったほどじゃないんじゃないか？　大地が死んでいると聞いていたけど、緑はある」

馬車から降り「んー」と背伸びしながら俺についてきてくれた犬耳の少女シャーリーへ笑みを返す。

白いフサフサの犬耳に明るい金髪を真っ直ぐに伸ばした彼女は俺の笑顔に少しばかり表情が和らぐ。

俺たちは馬車に乗って辺境伯領の中でも最も寂れた地方『エルド』にある唯一の寒村「エルドーシュ」に到着したところだ。

通常、村の入口は来訪者を迎え入れる門があり、外敵から身を護るために村の周囲をぐるりと囲む柵がある。

エルドーシュも村の慣例に倣い門も柵もあるのだが、これならいっそない方がマシなんじゃないかという体たらくだった。

門の代わりに雨風を受け一部が欠け腐った看板、柵は杭がいくつか立っているだけで柵の体を成していない。元は柵だったのかもしれないけど、残っている杭も軽く蹴っただけで折れそうなほどになっているではないか。

「どうだい？　新領主様。エルド唯一の村の様子は？」

別の馬車から降りてきた枠の小さな丸眼鏡をかけた学者風の青年がおどけた様子で問いかけてくる。

彼はゆったりとしたフードのない薄緑色のローブに白の手袋をはめ、手には分厚い本を持っていた。

彼が手袋を装着しているのは気障だとかそういうのではない。片時も離さぬ本のためである。よくもまあ飽きずにずっと本を読むことができる、と思う。

「一応領主に命じられたけどさ……まあいいや」

「おもしろい反応だね。君は領都の筋肉しか脳にない貴族連中とはやはり異なる」

「ああいうのにはなりたくないな……」

「単に鍛えるのを嫌がっているだけだろ？」

「ジャノも、だろ」

「僕はいいのさ。なぜなら、僕だからね」

意味が分からないセリフだが、俺には分かってしまうところが少し悲しい。

彼は俺にとって唯一友人と言える仲だから、正直一緒に来てくれて嬉(うれ)しいのだけど、面と向かって改めて感謝を伝えるのは気恥ずかしいんだよな。

それでも、村に着いたんだ。ちゃんと言っておこ――。

「クルプケさん！」

「もきゅう」

ぐ、言おうとしたところで少女の声で機先を制される。

馬車からずんぐりした犬くらいの大きさのもふもふが飛び出てきて、彼女が驚きの声をあげたのだ。

薄茶色の毛にネズミに似た顔をしたこの動物はマーモットと呼ばれる種である。

マーモットは土を掘るのが得意で、あまり人には懐かない。俺のペットであり使い魔でもあるクルプケは別だけどね。

「シャーリー。行かせてやって。クルプケも初めての村で気合が入ってるんだ」

「そ、そうなんですね」

「もきゅう！」

クルプケは俺の周りを回ってから藪の中に消えていった。

シャーリーの手前、「気合が」とか言ったけど、単に初めての土地でどんな食べ物があるんだろうとなっただけだ。

彼らと入れ替わるように学者風の青年ジャノが口を開く。

「さて、イドラ。どうだい？　枯れた大地、君の力でなんとかなりそうかい？」

「ジャノ、君もよく知っているだろう。俺のスキル【種の図書館】を」

「自信ありだね。楽しみにしているよ」

「絶対大丈夫……とは言えないけど、見ていてくれよ」

「そこは絶対、と言うところだろうに。君らしいが」

「ははは」

自信がないわけじゃないさ。

エルド地域は枯れただの、呪われただの、言われているけど、こうして雑草も木も生えている。

植物が育つ地域なら恐れるものなどなにもないさ。

心の中で念じる。

『開け、【種の図書館】』

これまで俺の強化した種のリストがまるでゲームのウィンドウのように俺の前に出てきた。

俺にしか見えないメニュー画面。これこそ俺が生まれながらに持つ【種の図書館】の力だ。

この世界のすべての種を、改良することができる。

小麦の成長力を強化した小麦＋、病気に対する強さを強化した小麦＋、そして貧栄養でも育つよう強化した小麦＋、これらをすべてかけ合わせ強化した小麦＋＋＋。

他にも色々な種を強化してある。強化した種は馬車に積めるだけ積んで持ってきており、これから植えるのが楽しみだ。

しかし、俺が不毛の大地とはいえ領主か。

まさか、こんなことになるなんて一ヶ月前には考えられないことだった。そう、当時母の看病をしていた俺にとっては――。

第一章　追放同然のエルド領主拝命

「母様、お茶が入りました」

「イドラ、いつもありがとう」

薬草を煎じたお茶を母の元へ運ぶ。近頃母はベッドで寝ている時間が殆どになってきている。

俺の母であるパオラの部屋は貴族にしては簡素な部屋で、シーツなどの寝具、家具には装飾がなく貴族の部屋にありがちな調度品類も花瓶一本しかなかった。

一応、シーツや家具には上質な素材を使っているので全くお金をかけていないというわけではないのだが……。

それでも辺境伯の妻としては贅をこらなさ過ぎる。

俺だとて豪奢な部屋が好きなわけではないが、母は極端だ。ここまで簡素にすると侍女と変わらぬくらいになってしまう。さすがにメイドの部屋に比べれば……だけど、比べる相手が違うよな。

母は元メイドで辺境伯の寵愛を受け側室となった。

生来体が強い方ではなく、俺を産んでからますます体調が優れなくなっていた。

俺には前世の記憶がある。前世は日本でサラリーマンをやっていた。自分で言うのもなんだが、平凡な生活を送っていたな、と思う。朝から晩まで働き、仕事の後に自室で飲むビールが最高だったなあ。生真面目過ぎたからか、休日も疲れて寝ていることが多かった。このまま毎日が続くかと思っていた。ところがどっこい、若年性の病を患いあっさり亡くなり、気がついたら自分が赤ん坊になって抱かれていたんだ。

前世は母より先に亡くなってしまったので、今世の母は病気で亡くなった自分と重なり、心が痛んだ。

成長していくうちにこの世界にはスキルや魔法というものがあるということが分かった。スキルを持つ人は王国の人口のうちおよそ一割と言われている。もう一方の魔法は使いこなすには修練が必要になり、魔力量と技能によって魔法の威力が大きく左右されてしまう。その分、スキル持ちよりは潜在的に魔法を使うことができる魔力量を持つ人は多い。

俺は生まれながらにして【種の図書館】というスキルを持っていた。

天啓だと思ったよ。前世の自分にできなかった親孝行や病気の克服を、そして、この手で母を救えると！

【種の図書館】は一言で表すと「植物の種を魔改造」するスキルである。

まっさきに思いついたのは前世の記憶から漢方薬だった。漢方は薬用植物を煎じて病気を治療したり、体調を整えてくれたりする。

俺は辺境伯の息子に生まれたことを活かし、この世界にもある薬草の種を入手した。そして【種の図書館】を使って薬草の種の薬効を強化したりしたわけだ。

【種の図書館】は薬草の種以外にも活用できるスキルであるが、目下俺の興味は薬草類にしかない。

薬効といっても外傷、風邪、胃痛など様々なんだよね。母の病にはどのような薬効を強化すればよいのか日々奮闘中だ。

今日も今日とて新たなお茶を用意してきた。二、三日同じものを飲んでもらって体調が改善するか様子をみなきゃ、効果があったのかそうじゃないのか分からない。

椅子に座り上品にお茶に口をつけた母が、コップを元の位置に戻す。

向かいに座り固唾を飲んで彼女の様子を窺う俺。

「あら、苦くないわ」

「飲みやすさも頑張ってみたんだ。薬効も前と少し変えているよ」

「紅茶をいただくより、イドラのお茶の方がおいしいわ」

「ほんと？　淹れておくから食事の時も飲んでよ」

お茶を飲んだ彼女は再びベッドに戻った。

生気のない青白い顔で微笑み、さとすように俺に声をかける。

「イドラ、あなたはあなたのやりたいことをしなさい」

「母様……」

「あなたは辺境伯の子。ううん、言わずとも聡明(そうめい)なあなたなら分かってくれる」

「俺のことやっぱり」

母は俺の記憶のこと、気がついていたんだな。

彼女の言う「辺境伯の子」である俺には辺境伯領の貴族としてやるべきことがある。何故なら辺境伯領は王国の中でも特別な役割を与えられているからだ。

それは、辺境の防備と開拓。辺境伯領の北部は共和国と接しており、東部は帝国と接している。

南部は未開の地であるが、辺境伯領として収益を出すべく奮闘していた。

南部地域の一部は開拓が進んでいるようだけど、殆どはエルドと呼ばれる地域に属し、この地域はまるで作物が育たず領都からの補給物資頼りでなんとか保っている状況である。

王国の領域である西部以外はすべて防備の必要があり、エルドは未開の地を拓いていく役目を担っていた。

その分、与えられた地位は公爵に並ぶほど高いものなんだ。

ここまではいい、ここまではいいのだが、辺境伯を始め貴族たちの「防備」に対する意識が高過ぎる。

鍛錬、鍛錬、行軍、狩、鍛錬、模擬試合とひたすら自らの武勇を鍛え上げることを是としているのだ。脳筋過ぎてついていけない、ってのが俺の本音である。

今は母の看病ということで父である辺境伯レイブンの許可をとって鍛錬他、脳筋業務のすべてを免除してもらっているが……。

母は、俺が辺境伯の子として鍛錬に励んでないことを知っていた。

そして、俺のスキルのことや、前世の記憶のことも。

さらに言えば、俺のやりたいことが辺境伯の子としての責務と異なることも……。

その上で、やりたいことをしなさい。辺境伯の子であることは気にせず。と言ってくれているのだ。

母の枯れ木のような手を握り、じっと彼女を見つめる。


「母様。俺は母様を元気にしたい。それが俺のやりたいことだよ」

「イドラ、あなたの献身的な介護と薬で私はあなたの成長を見守ることができました。母としてこれほど嬉しいことはありません」

母様、それ答えになっていないよ。まるで自分がもう長くないと言うような彼女に悔しさが込み上げてくる。

俺だって分かっているさ。薬草を【種の図書館】で強化しても一時凌(しの)ぎにしかなっていないってことを。

薬草は傷を癒してくれる。体力を回復してくれる。そして、自己治癒力を高めてくれる。

だけど、母の病気を治療できるものではないのだ。

俺は諦めないぞ。組み合わせ次第できっと母の病気に効果があるものができるはずだ。

今は対処療法を行っているに過ぎない。きっと俺が全快させてみせる。

「母様、また後でね」

「待っているわ」

顔には出さぬよう、笑顔を作り彼女の手を離す。


母の部屋を辞し、意気込み新たに種の強化をすべく父にお願いして作ってもらった植物園に足を延ばす。

植物園は俺たちの住む辺境伯宮の一角にある。

俺の住む辺境伯領の領都コドラムは日本の都市部とは比較にならないほど人口密度が低い。

広い土地に少ない人数が住んでいるので、土地はたんまりとあるのだ。

植物園を増設するなどわけもないほどにね。

南欧風の外廊下を歩いていると、柱に背を預け手には分厚い本を持った学者風の青年と目が合う。

俺を見た彼は本を持っていない方の手を少しだけ上げ、長い髪を揺らす。

「ジャノ。君がこんな場所にいるなんて珍しい。ひょっとして俺を待っていてくれたのか？」

「そのまさかさ。君を待っていたんだ」

「俺なら大体植物園にいるから、その時でもいいのに」

「植物園に行ってきた帰りだよ。あの場にいないとなれば、離宮だと思ってね」

学者風の青年ジャノは「ふう」とおどけてみせ、分厚い本を俺の手にドスンと置く。

「これは？」

「新しい本が手に入ってね。薬草学の本さ」

「おお、ありがとう！　母様に効果がある薬が記載されているかもしれない」

「あまり期待をしない方がいい。病というものは千差万別。僕の魔法、君の【種の図書館】でも解決できないものの方が多い」

「それでも、少しでも可能性があるなら何でも読んでおきたい」

「そう言うと思って持ってきたんだ。読んだら一日だけ預かりたい」

「それって、読む前に俺に貸してくれるってことかよ！」

「大声を出すほどのことかい？」

「出すほどのことだよ。本当にありがとう、ジャノ」

ジャノは腕を上にあげ、首を振り戻す。俺の肩をポンと叩こうとして、自分らしくないと思ったのだろうか。

だったら俺がやってやる。

彼の肩を叩き、がっちりと握手をした。ありがとう、という感謝の意を込めて。

「君には何度も手伝ってもらっているからね。それに、辺境伯宮でまともに会話ができるのは君くらいしかいない」

「俺だってそうだよ」


そうしていると、筋骨隆々の鎧姿の男二人の姿が見え、声をひそめる。

紫色のモヒカン兜を小脇に抱え、白銀の鎧の胸に鷹の姿が描かれていた。

彼らの後ろにもう一人、二十代半ばほどの金髪をオールバックにした青年もいる。

会いたくない奴を見てしまったが、一本道の外廊下のため向こうから来るということはこちらに近づいてくるわけで、会いたくない奴といえども挨拶をしないわけにはいかない。

「ヘンリー兄様。おはようございます」

「相変わらずみすぼらしい体だな。少しは鍛えたらどうなんだ？　出来損ないと言われていようがお前も辺境伯家の者なのだろう」

「鋭意努力いたします」

「お前はいつもそればかりだな」

金髪オールバックの青年ヘンリーはふんと鼻を鳴らし、取り巻きのモヒカン兜たちと共にズカズカと去っていく。

「いつも同じことを言うのはあの人だろう」

「言うな、学より筋肉なのだよ、あの人は」

「あの人だけじゃあないけどね」

「そうだな、ははは」

ジャノと陰口を言い合い、くすくすと笑う。

全く、せっかくの感動が台無しだよ。


さて、やって参りました、我が職場。職場……というと少し語弊があるな。

いや、多少なりとも植物園が辺境伯領の農業に貢献しているので、仕事をしているといってもよいか。

整備していない放置された土地を与えられた形で始まった植物園は、名ばかりの荒地だった。

辺境伯宮は広大な敷地を誇り、すべての土地が管理されているわけではない。いやいや、貴族って庭園作りに精を出し、他の貴族に自慢するものじゃないの?と思うじゃない。

ところがどっこい、辺境伯領ではトップの辺境伯始めすべて脳筋なので、庭園なんて芸術性のあるものになんぞ興味はないのだ。

その分、訓練施設は充実している。鍛錬場が五か所もあるからな。屋内にも屋外にもあるし、俺とジャノ以外の自室にはバーベルや縄跳びだけでなく、剣を振るうためのスペースまで確保している。どこまで訓練大好きなんだか、呆(あき)れを通り越してすがすがしい。俺には理解できない世界だよ、ほんと。


ただの荒地だった土地はせっせと耕して、二年かけて植物園の体を整えた。

最初は薬草を育てるだけだったのだが、今では農業担当の貴族からの相談を受け、一部作物も育てている。


もっとも作物はほんの片手間なのだけど……。

土いじりって結構体力を使うんだよね、俺もなんのかんので体力がついた。一応、二年ほど訓練につきあわされたことで、基礎的な体力がついていたので、畑を耕すのも苦にならなかったんだよな。鍛錬や訓練はやるに越したことはないと思っている。だけど、やり過ぎなんだよ、辺境伯領の貴族連中は。


文官でさえ、訓練時間の方が机に向かっている時間より長いのだからね。

おっと、ぐるぐると愚痴が出てしまった。これもヘンリーに会ったからだ。ちくしょう。

「ええっと、確か先週植えた薬草はこっちだったな」

植物園は畑エリアと離れに分かれている。離れは俺の執務室になっていて、これまで集め強化した種をすべて収納していた。

新たな種を生み出すのも執務室で行っているんだ。

畑は四区画あって、種類ではなく植えた時期によって分けている。

先週植えたばかりの薬草であったが、もう成長し収穫できるまでになっていた。成長力を＋＋＋まで強化しただけに一週間で育ちきるようになっているのだ。

「イドラさまー」

「ん？」

しゃがんで薬草を見ていたら、後ろから声をかけられた。

この声はシャーリーだな。

立ち上がって振り返ると、メイド服にエプロン姿の犬耳の少女が息を切らせて俺の近くまでやってきて足を止める。

白いフサフサの犬耳がペタンとなり、胸も大きく上下させながらも喋ろうとしたのでこちらから声をかけた。

「息を整えてからでいいからね」

「はあはあ……はい」

胸に手をあて、大きく深呼吸をし息を整えた彼女はふううと最後に大きく息をはく。

彼女の調子に合わせてか犬耳もピンと立った。

「グレナムさまがイドラさまにお会いしたいと見えております」

「グレナム卿が。分かった。すぐに会おう」

「離れにご案内でよろしいでしょうか？」

「うん、紅茶もお願いできるかな」

「もちろんです！」

辺境伯領の農業を担当している貴族グレナム相手なら息を切らせて走る必要もないのに。彼女は真面目な性格なので、一刻も早く俺に伝えるべく急いだのだろう。

そもそも、俺の元を訪れる人は彼とジャノくらいのものだ。彼ら以外となると俺にとっては招かれざる客である。

ヘンリーのような嫌味を言うために訪れるとか、ね。

「グレナムか、また何か困ってるのかな」

パンパンと手を叩いて土を払い、離れへ向かおうとした時、のそのそとずんぐりとしたネズミのような顔をした動物がひょっこりと顔を出す。

薄茶色の毛並みに犬くらいの大きさの彼はマーモットという種族で俺のペットである。

彼はお尻をフリフリさせながら上機嫌に俺の足もとにすりすりしてきた。

「クルプケ、また種を取ってきてくれたのか」

「もきゅう」

彼の口の間に挟まった種を取り、頭を撫でる。

「ごめん、お客さんを待たせているんだ。後でまたな」

「もくう」

グレナムだけじゃなく、シャーリーも待たせてしまう。

もっとも、彼が訪れたってことは十中八九、困りごとで、かつ農業のことである。

彼が離れに入る前に行かなきゃな。足速に離れに向かう俺であった。


離れはたった二部屋しかない。一つは自室に帰らずこのままここで作業をするための寝室で、もう一つは執務室だ。

執務室は壁一面に棚が置かれており、棚に木箱が並べられ、中には種が入っている。

ちょうど席に座ったところで、扉が開きシャーリーに先導され日に焼けたスキンヘッドの中年が顔を出した。彼がグレナムだ。

彼は辺境伯領の貴族らしく、太い首回りにはち切れんばかりの肩回りである。

一応これでも文官で農業を担当しているんだよね。

「イドラ様、何度も申し訳ありません。今年は水不足が懸念されており、お力をお貸しいただきたく」

「乾燥に強い小麦の種を作りたい、でよろしいですか?」

「お願いします!」

「分かりました」

これから種を撒くのだけど、今から種を作って大丈夫なのだろうか？

水不足が懸念は何を根拠に水不足なのかは分からないけど、きっと川の水量を見てのことなのかな？

あまり深く考えてはいけない。俺はまだ政務に口を出せる立場じゃないのだから。

ここ数年、深刻な不作もなく来れているのは彼の力があってのこと。

「いかほど、かかりますか？」

「明日に取りに来てください。二百粒ほど用意いたします」

「ありがとうございます！」

「い、いえ……」

あああ。耳がキンキンする。そこまで声を張り上げなくてもよいのに……。

彼の感謝の強さが声の大きさなので、無碍にはできない。

種をこれから撒くなら二百粒じゃあ全然足りないのだが、よいのかな？

ん、二百粒で十分ってことか。なるほど、なるほど。

俺の種の力は辺境伯領内で認知されているだけではない。乾燥に強い小麦の種を大量に作ったところで、農家から反発が出るのは必至。

得体のしれない種に変えろなんてそうそう受け入れられるものじゃあないよな。

もう一つ理由がある。既に今年撒く分の種が準備済みということだ。

畑に種を撒くなら、これから種を集めていては間に合わない。俺の強化した種は乾燥が特に酷くなると予想されている地域の一角に撒かれるのじゃないかな。

そこで俺の種だけがすくすくと成長すれば、食用にせず来年の種とすればいい。

少なくとも俺の種の威力を見た農家は翌年「是非に」と種を使いたがるだろうから。

「よく考えられていますね」

「そんなことはありませんよ！　明日、お伺いさせていただきます！」

つい思ったことが口に出てしまった。

侮れんぞ、あの男。伊達（だて）に数年間不作を出していないだけある。

「よっし、んじゃさっそくやるとしますか」

「紅茶でよろしかったでしょうか？」

「ありがとう。ミルクをたっぷりで頼むよ」

「畏まりました！」

グレナムが去った後、机に置かれた小麦の種が入った袋へ目をやる。

この小麦の種は先ほど彼が「領内で最も栽培されている品種」と置いていったものだ。この種を元に強化して欲しいとのこと。

目を瞑（つむ）り心の中で念じる。

『開け、【種の図書館】』

目を開き、小麦の種に触れた。

すると、視界にゲームのようなステータスウィンドウが出現する。

『小麦の種：収穫量＋、病気耐性＋』

三年前に俺が強化した種の形質を受け継いでいるようだな。いつの間にやら俺の作った種が最も栽培された種になっていたとは……少しビックリした。

『小麦の種の強化ツリーを表示』

心の中で念じる。

すると、この小麦の種の強化方向がツリー状に表示される。

・収穫量＋→収穫量＋＋

・病気耐性＋→病気耐性＋＋

・なし→乾燥耐性＋

・なし→貧栄養＋

・なし→変質＋

などなど……。

乾燥耐性＋を追加しよう。

『強化：乾燥耐性＋には魔力が必要です』

稀に魔力以外のものが必要になったりするが、小麦ならすべて魔力のみでいける……と思う。

小麦から突然変異を狙う「変質」を選んだことがないので、確実とは言えないのだけど。

「今回は大雑把でいいか。少なくとも乾燥耐性＋は付与できる」

袋に入った種をすべて手の平に乗せ、魔力を込めた。

ぼんやりと種全体が光り、強化が完了する。

念のために種を鑑定しておくか。

再び【種の図書館】のウィンドウを見てみると、触れた種のステータスが表示されていた。

『小麦の種：収穫量＋、病気耐性＋、乾燥耐性＋』

「うっし、これで大丈夫だな」

預かった種のうち収穫量＋や病気耐性＋が付与されていないものがあるかもしれないけど、すべて乾燥耐性＋は付与できている。

一応、依頼の条件は満たしているという形だ。

「イドラさま、お待たせしました」

「ありがとう」

シャーリーの淹れてくれた紅茶に鼻を近づけ、香りを楽しんでから口をつける。

休憩をしたら、薬草を見に行こう。

あれから一週間が経過した。

今日も今日とて俺は植物園で種を植え、植物を育てている。

ヘルムジという薬草は疲労回復によい。この種の成長力と薬効を強化できるだけ強化してみた。

他にも数種の薬草を育てているのだけど、すべて少しでも早く回収するために成長力を強化できるだけ強化している。

土いじりもすっかり慣れたものだ。土を鑑定するスキルを持ってはいないが、毎日触れていると何となく土の状態が分かるようになってくるから不思議なものだよな。

新芽の様子を確かめていたら、土がもこもこっとあがりネズミのような顔をしたもふもふが顔を出す。

「もきゅー」

「そんなところに埋まっていたのか」

のそのそと土の中から顔を出したのはマーモットのクルプケであった。

お出かけしているのかと思いきや、穴を掘っていたとは驚いたよ。

そのまま近寄ってこようとしたので、どうどうと両手を出して押しとどめ水桶に手を伸ばす。

ばしゃーっとクルプケに水をかけたら、ぶるぶると体を震わせて泥水が飛んできた。

結局汚れてしまったよ……。

落ち込んでいる姿を間が悪いことにシャーリーに見られてしまったようで、血相を変えた彼女がパタパタと駆けてくる。

「ど、どうされたんですか？」

「あ、いや。足もとが少し汚れただけだよ。元々土いじりをしていたし、この後着替えようかなって」

「もぎゅ」

ぶるぶるして綺麗になったクルプケは尻尾をフリフリしながら、籠の方へ向かっていった。

籠には彼の好物の新芽や薬草、芋類がこれでもかと乗せてある。

籠に潜り込み、もしゃもしゃやり始めたクルプケは大満足といった様子。

この日もいつもの通りの暮らしだった。この日までは……。

事件は翌日に起こる。

もうすぐ朝日が昇ろうという時間に近衛騎士が植物園を訪れた。

昨日は自室に帰らずここで寝泊まりしたのだよね。

ってそうじゃなく、俺を近衛騎士が訪ねてくるなんて年に一度あるかどうかくらいのものだ。

「常に最前線たれ」とする近衛騎士は辺境伯領の中でも特に脳筋意識が強い。

そんな彼らと俺は相性が悪く、必要がない限り会話をすることもなかった。

「レイブン辺境伯がお呼びです」

近衛騎士はそれだけを告げて去っていく。

父からこの時間に呼び出しとはただ事じゃないぞ。上着だけを羽織って大広間に向かう。

……が彼はいなかったので寝室へ移動する。

「入れ」

入口を護る近衛騎士に来たことを告げると野太い声が帰ってきた。

よくよく見るとこの近衛騎士……さっき植物園に来た奴じゃないかよ。父が寝室にいるならいると教えてくれよ、なんて思ったが普段お互いにコミュニケーションを取らない間柄なので致し方なしか。

父の寝室に入るとカウチに腰かけた彼が鎮痛な面持ちでワインを傾けていた。

「イドラ、朝からすまんな」

「いえ、危急のことかと思い」

彼は俺の言葉に対し頷（うなず）くも、心ここにあらずといった様子。グラスに残ったワインを一気に飲み干すと、うつむいて弱々しい声で俺に告げる。

「パオラが明け方に亡くなった」

「か、母様が……」

言葉が出ない。昨日もいつものように薬草を煎じ、飲んでもらったというのに。

母の体調は悪化の一途を辿っていた。薬草の種を強化し、彼女が回復できるようにと連日努力をしていたが……。

ダメだった。

俺は今回も敗れたのだ。

病魔には勝てない。生老病死は人として避けることはできないと、信じてもいないどこかの神に嘲笑われているようだ。

母が亡くなった、本当に？などと疑う余地はない。父の様子を見れば明らかだから。

悲しみと同じくらい悔しさも込み上げてくる。その場に崩れ落ち、自然と涙が溢れた。

彼はそんな俺にこれ以上何も言わず、ワインをつぎ足しあおる。

そのまま三十分ほど経過し、父から母に会いに行くように言われた。

辺境伯の身内が亡くなった場合、不可能でなければ必ず検死が行われる。陰謀で暗殺された可能性もあるからだ。検死が終わるまでは遺体に近づくことはできないのだけど、もう終わったのだろうか。俺なら検死の邪魔をすることはないと父が計らってくれたのかは分からないし、どちらでもいい。

母に会える、その事実だけで。

母の遺体の組まれた手に触れ、彼女に別れを告げる。彼女の前で色々語りたいことはあった。しかし、彼女にはもう伝わらない。どうか安らかに。

彼女が亡くなった翌日、今度は大広間に呼び出しを受けた。

随分と集まっているな。

父である辺境伯は当然として、彼の跡を継ぐことが確定している一番上の兄までは分かる。他、いけすかない次男と彼の母である第二夫人。

妹たちは来ていないようだけど……。

まあでも、だいたい言われることは予想している。

母が亡くなったので看病の必要がなくなった。なので、身の振り方を考えろというところだろう。どうするかねえ。

俺の予想があっていれば、父だけでよいのだけど家族が多い。

一家の長である父レイブンを筆頭に第二夫人マーガレットと俺の母パオラ。彼の子が全部で五人いて、長男グレイグ、次男ヘンリー、三男の俺。その下に長女と次女がいる。

脳筋鍛錬に明け暮れていなくても、一応これでも辺境伯家の三男である。

貴族の領主らしいといえばらしいのだけど、我が家族はなかなか複雑だ。

長男と俺の一つ下の妹は既に他界した第一夫人の子。次男は今ここにいる第二夫人の子。俺は元メイドであり第三婦人である母の子。そして、一番下の妹は妾（めかけ）の子である。

母がバラバラだし、家族は同じ辺境伯宮の中だし、ということで派閥とかが大好きなんだよな。脳筋なのにさ。

長男につくのか次男につくのか、身の振り方を決める会で口を出そうという腹なのだろう。

口火を切ったのは一家の長たる父だった。

「待っておったぞ、イドラ。呼んだのは他でもない、お前の進退についてだ」

「はい」

「近衛に入らんか？　お前がパオラの看病にかかりきりで体がなまっておるのは分かっておる。一から鍛えるつもりでやってみんか？」

「近衛……ですか」

近衛とは近衛騎士のことだ。

ご存知「辺境伯領で最も脳筋の集団」である。

いくらなんでも近衛はないよ、父様。一応数年間の鍛錬経験はあるとはいえ、まだほんの子供の頃の話だ。

十六歳で一から鍛えて、心の底まで筋肉で染まった彼らとうまくやっていけるとは思えない。俺はもう二十二歳になるしさ。十六歳から六年間鍛錬をやっていたら……と想像するだけで悪寒がするよ。

俺の表情を見て取った長男が得意気に口を開く。

「ならば我が部隊に来るか？　行軍は楽しいぞ」

「グレイグ兄様の部隊に私が入ると妬まれます。近衛より周囲の目が厳しいかと」

長男グレイグの率いる部隊は長距離行軍当たり前の鍛え上げられた部隊だ。

近衛は辺境伯直属の護衛部隊なので、辺境伯の息子である俺が横から入っても特に何も思われることはない。

むしろ、辺境伯の血族が入ったと喜ばれさえするだろう。

一方、グレイグの部隊は実力が認められればどれだけ貧しい平民であっても入隊することができる。

完全実力主義の部隊な上、俺が入ると一人分枠が減ると捉えられてしまう。

グレイグの目の届くところでは表だって騒ぎはしないだろうけど、自ら不和の種を撒きに行きたくはないよな。

渋る俺に対し、次男ヘンリーと第二夫人のマーガレットが揃って嫌らしい笑い声をあげる。

「父様、グレイグ兄様。土いじりが好きなイドラには近衛も精鋭部隊も不可能ですよ」

「そうですわよ」

ヘンリーにマーガレットが続く。

続いてマーガレットがワザとらしく「今思いつきましたわ」といった感じでポンと扇子を叩

く。

「そうですわ。レイブン様」

「よい考えがあるのか？」

マーガレットの言葉に頷く父。

すると彼女は我が意を得たりと得意気に喋り始める。

「イドラは見事な植物園を一人で作り上げておりました。母のために献身的に。この経験を活かすにはエルドを治めさせてみてはどうでしょう？」

「イドラ、どうだ？」

聞いてくる父もどうかと思うが、彼の表情からほんの冗談のつもりだというのが見て取れる。

ところがどっこい、俺にとって辺境伯宮から離れ自由に暮らすことができるエルド地域の領主というのは悪くない。

エルドは作物が育たぬ枯れた大地だと聞く。広い地域にたった一つの寒村しかない。その寒村も辺境伯領の領都からの補給物資頼りだ。

【種の図書館】を持つ俺ならば、枯れ木に花を咲かせることができるかもしれない。いや、できるはず。

「行かせてください。若輩ではありますが、これまで母のため薬草を栽培した経験が必ずや活かせるかと」

「ほ、本気か」

「はい。本気です」

「……そうか。お前に長年パオラの看病をした褒美をと思っていた。半年間、やってみるがいい。辛くなれば戻ってきてもよい」

「うまくいけばずっと務めさせていただいてもよろしいでしょうか？」

「ははは。その強気。やはりお前も辺境伯家の子だな。やってみるがいい」

お、とんとん拍子で進んだぞ。

こうして俺はエルド地域を治める領主として旅立つことになったのだった。

第二章　枯れた大地「エルド」

行くと決めたらすぐ行動だ。

父以外に俺を止めようとする人なんぞおらず、次男ヘンリーと第二夫人マーガレットのコンビなんてうっきうきだったよ。

これまで世話を焼いてくれていたメイドのシャーリーに、エルドに向かうことを伝えたら、彼女も「お供する」と即申し出てきた。

俺が渋るも、立場上俺の意見を否定できない彼女は涙目でじっと見つめるばかり。

根負けした俺は彼女に同行してもらうことに決めた。本音を言うと彼女が来てくれて嬉しい。俺に好意的な数少ない友人の一人であるのだから。

立場上、俺に好意的だったのかもしれないと思うこともあったけど、彼女の態度からそうじゃないと思えるようになった。

辺境伯の息子だからとおべっかを使う貴族や使用人は……そういやいないな、と同時に気がついた。

脳筋辺境伯領は腹芸が苦手な者が極めて多い。好意をひとかけらも持っていなかったら、表面上だけ好意的に振舞える人が……いたかなってくらい見かけないのだ。

俺の知り合いの中でそれができるのはジャノくらいかな？

いや、彼はやろうと思えばできるけど、やらないタイプか。魔法使いは研究者気質を持つ者が多く、世間体を敢えて無視したりすることがある。

「どうしたんだい？」

「あ、いや、すごい馬車の数だなって」

ジャノが不思議そうに俺の顔を見ていたのに気づいて、慌てて言葉を繋げる。

そう、ジャノもついてくることになったんだよね。俺がエルドに行くと言ったら、「じゃあ僕も行こう」って。

枯れた大地のことを知らぬ彼ではない。彼は知識欲が非常に強く、本の虫だ。

エルドといえば彼にとって未知の大地で、俺が領主なら好き勝手できるし、ってことでついてきてくれたのかな？

理由はどうあれ、彼がいてくれると非常に心強い。

来てくれるのは大歓迎なのだけど、彼の荷物が多過ぎだろ。

何台の馬車を手配したんだろうか。中に入っているものは大量の本、本、本である。俺も種を運ぶために馬車を増やしたが、彼の手配した馬車の量と比べるとほんの些細なものだ。

これだけの馬車が並んでいたら何事かと思われるかも。

長男のグレイグが率いる部隊と同じくらいの馬車の数になるかもしれん。彼らの場合、馬車が通行できない場所だったら馬車を置いて行軍することもあるから、兵士が馬車の荷物を持ち、なおかつ行軍に支障がでないようにしなきゃならない。なので、荷物は最小限なのである。

こちらは真逆。現地に到着してから使うものばかりで、旅路に必要なものが少ない。


そんなこんなで四日もかけて、馬車の数だけは大部隊でエルド地方唯一の村「エルドーシュ」に到着した。時刻はまだ午前十時頃かな?

外れの村だからこそ、柵はちゃんとしておかなきゃいけないと思うのだが、ボロボロで朽ち落ちている箇所が多々ある。

紐(ひも)で板を結んだだけの簡易的な場所もあって、その辺りはすべて紐が先に切れて残骸だけが残っているというありさま。

俺たちが到着したら、なんだなんだと出てきた村人もいたが、あからさまにがっかりした顔で挨拶もせずすぐに散っていった。

「あれ、酷くない?」

「彼らにとっては領主様なんてどうでもいいのさ」

馬車のせり出した板の上に座り、本から目を離さぬままジャノがそううそぶく。

そこで困った顔をしたシャーリーが口を挟む。

「き、きっと。イドラさまのことが知らされていなかっただけです」

「知らされていない、は正解だと思うけど、村人が見向きもしなかったのは別の理由だよ」

「そうなのですか⁉」

「そそ、彼らの興味はお偉いさんが来ることではない。エルドーシュは補給物資頼りなんだろ。だったら、大量の馬車が来ると期待するじゃないか」

あっ、と犬耳をピンと立て膝を打つシャーリー。

身分制社会であっても、生きるか死ぬかの瀬戸際になるとそんなことを言っていられなくなる。

貧すれば窮する……だったか？　誤用な気もするな。何せ前世のことわざなので、記憶が曖昧だ。間違えていたとしても調べようもない。

「村長の家に挨拶に行こう。ジャノも行くぞ」

「僕は別に後からでもよくないかい？」

「何度も訪ねるのも面倒だろ」

「確かにそうだね」

ジャノがよっと馬車から飛び降り、華麗に着地する。

案外運動神経がよいんだよな、彼は。もやしっ子の癖に。

村長宅を訪ね、書状を見せるとようやく俺が何者か分かったようで申し訳なさそうに平伏していたが、理由は彼が失礼な態度を取ったからではない。

村には俺が住むような屋敷がなかったからだった。

補給部隊が宿泊する用の施設があるが、他となると馬小屋に毛が生えたくらいのあばら小屋しかないらしい。

補給部隊用の宿舎をしばらく使わせてくれるようにお願いしたところ、「申し訳ありません」と謝罪しつつも快く許可を出してくれた。


補給部隊の宿泊施設は大人数を迎え入れることができるようになっているため、馬車を停める用のスペースも広い。

スペースといっても木が生えていないだけの広場で雑草が伸び放題になっていた。枯れた大地というわりに草木がそれなりに生育しているんだよな。

どうしてここが「枯れた」と言われているのかイマイチピンと来ない。

気になった俺はすぐに確認したくてたまらなくなった。そのため、大変申し訳なかったのだが、御者のみなさんとシャーリーに馬車の荷物を任せ、村の畑を探すことにしたんだ。

畑だったのだろう場所はあるものの、整備されておらず硬くなった茶色の土が見えるばかり。

不思議とあまり雑草が生えてなかった。

「うーん、何かしらの呪いの類いなのか？」

前世日本と異なり、この世界には不思議な力がある。自分自身が【種の図書館】という前世で言うところの超常的な力を持っているのだから、疑う余地がない。

ジャノは魔法を使うことができるし、俺も魔力を持っている。

魔力だとかスキルだとか謎パワーがあるので、作物だけ何としても成長させないぞなんていう呪いがあってもおかしくないだろ？

などと考えながら歩いていると……。

お。

村外れの柵……の残骸の向こうに整備された畑と民家が見えた。

これまでは放置されていた畑だけだったが、今まさに世話をしている作物がどうなっているか確認できるぞ。

これまでの畑を鑑みるに過去に何度も作物を作ろうとして、諦めて放置されたように思えた。

しかし、まだ挑戦しようという人がここにいる。「枯れた大地」で作物を育てるとどうなるのか貴重なケースをこの目で見ることができるぞ。

自然と駆け足になり、パッと周囲を見たところ誰もいなかったので勝手に畑を観察させてもらうことにした。

さすがに畑に手を触れることはしないけどね。つぶさに観察できる距離まで近寄った。

ふうむ。よく耕され、悪くない畑の状態だと思う。土の様子も空気を多分に含み柔らかそうに見える。肥料はどうだ？　さすがに見ただけじゃ何も分からないな……。

雑草は一切生えておらず、畑の様子から察するに種を撒いたばかりか？

というのは一面が茶色だから。種を撒くとすぐ小さな緑が見えるのだが、それもない。収穫した後なら畑がここまで綺麗な茶色ではない。

「なんじゃ、何と言われようとも儂はやめんぞ」

「え、ええと」

「ん。見ない顔だの。旅人……には見えんな。なら行商人か何かか？　こんな辺鄙な村で行商をしても儲からんだろうて」

「あ、いや。畑を見させてもらっていただけなんです」

突然声をかけられてドキリとした。勝手に畑を見ていたから、人を見かけたら挨拶をするつもりだったんだよ。

それが、畑に集中し過ぎてまるで気がつかなかった。

声をかけてきたのは首に布を巻きつけ、簡素な長袖のシャツに手袋、長靴姿のずんぐりとした男だった。こげ茶色の髭を伸ばし、耳の先が少し尖っている。

背丈は俺の肩より少し低いくらいで、だいたい百四十から百五十の間ってところか。見た目の特徴から彼の種族が分かった。

はち切れんばかりの肩回り、太い首、エネルギーがギュッと詰まったような力強さを感じさせる肉体。

彼はドワーフで間違いない。年の頃はドワーフだと分からないんだよな。人間にすると四十歳前後に見えるのだけど、ドワーフって人間より長生きだし、若くても目の前にいる彼と同じくらいの年頃に見えてしまう。

ドワーフは気難しそうで偏屈な人が多いと聞くが辺境伯領でドワーフはもてはやされている。ドワーフは伝統的に武器作りに長けており、筋骨隆々な見た目もあいまって脳筋辺境伯領では人気なのだ。武器を振るうためには鍛冶職人が必要だし、彼らは武器を振りたいのであって作りたいわけじゃないからな……。辺境伯領は他領に比べ鍛冶職人に対する待遇もよい。

それなら鍛冶職人になったらいいんじゃ……と思うのだが、多くの人は兵士に憧れるのだから不思議だ。もちろん職人が全くいないわけじゃないので悪しからず……。

そんな前情報があり、更に自分が許可も取らずに畑を見ていたという後ろめたさも相まって内心ヒヤヒヤだった。

のだが、ドワーフの男は「畑を見せて」と聞いたとたんへの字の口が緩む。

「ほお、儂の畑をな。お主(ぬし)、この村の事情を知らぬのだな」

「枯れた大地、とだけ聞いてます」

「お主とて見ただろう。打ち捨てられた畑を」

「え、ええ、まあ」

一体この人は何が言いたいのだろう。みんな諦めたのに、尚諦めぬ偏屈だと自虐しているのかな？

俺はむしろ逆に畏敬の念を抱く。

「ガハハハ。お主を問い詰めたいわけじゃないのだ」

「あ、いや。俺は誰もが諦めたこの場所でそれでも尚、畑に一切の手抜きをしないあなたを凄いなと思ってました」

「おもしろい奴だの。儂は後から来た口でな。まだここに来てから三年だて」

「元々他の地で農業を？」

「そうじゃな。自分で食べる分だけだがのお。この地の噂を聞き、訪ねてみたらこのありさまだろう」

「三年間、畑を管理していたのですか？」

「まあの。村の者には何度もたしなめられた。一応与えられた役割はこなしておるぞ。ドワーフと言えば鍛冶。儂も一応鍛冶はできるからの」

ふうむ。鍛冶ができる職人ならば大歓迎で間違いない。寒村に鍛冶職人がいることは稀なのだ。

鍛冶職人がいれば道具を修理することができるし、恐らく狩猟もしているこの村で刃物が使えなくなると詰む。

簡単な修理程度ならやれる人もいるだろうけど、職人が住んでくれるならもろ手をあげて迎え入れる。

「畑、隅々まで手入れされているように見えます。肥料も使っているんですか？」

「一応……な」

「種は植えたばかりなのですか？」

「いや、植えてから一週間は経つのぉ」

何食わぬ顔で言ってのけるドワーフだったが、俺はそうではなかった。

驚きで目を見開き、「え」と聞き返してしまう。

「本当に一週間前……なんですか？　一週間経過しなければ芽が出てこない種なのです？」

「普通の小麦じゃて。種はある、見てみるかの？　種を見ても小麦としか分からぬがのお」

「是非！　見せてください！」

「お、おう」

俺の喰いつきに今度はドワーフの方がたじたじになった。

種を直接見ることができれば、どのようなステータスなのか確認できる。

「ついてこい」と小屋に案内してもらい、さっそく種を見せてもらった。

目を瞑り心の中で念じる。

『開け、【種の図書館】』

目を開き、小麦の種に触れた。

『小麦の種：収穫量＋、病気耐性＋』

「これは領都コドラムで広く使われている小麦の種ですね」

「ほお、分かるのか」

「ちょとした力を持ってます。種を見ればどのような種か分かるんです」

「おもしろいスキルだの。スキル持ちは珍しい。このような寒村にいる者ではないだろうて」

鍛冶職人であるあなたもそうじゃないか、って突っ込みは野暮ってもんだ。

何も言わず、フルフルと首を振るにとどめておいた。

「他にも試した種はありますか？」

「種を変える発想はなかったわい」

「そうでしたか、ありがとうございます」

「お主、ここで農家を始めようとしているのかの？」

彼の眉間にしわが寄る。だが、彼の表情が変わろうとも俺の答えは決まっていた。迷わず告げるぞ。

「そのつもりです」

「ふむ。儂の三年の話を聞いても尚折れぬ、その気概、気に入った。クワでも鋤でも必要があれば訪ねてこい」

「ありがとうございます！」ガシッと握手を交わし合う。

そんなこんなで、彼の小屋を後にする。

工房も見ていくか？と聞かれたがシャーリーに荷物をお任せしていたので宿舎へ戻ることにしたんだ。


「ごめん、遅くなった」

「いえ！　イドラ様の分は既に運び込んでます」

「お、おお。もう終わったんだ」

「はい！」

いつの間にか日も傾いてきていた。ドノバンのところに長居したつもりはなかったんだけどなあ……。

運び込みが終わっている、ということは掃除も進んでいそうだ。

手伝う気でいたのだけど、全部やってもらっちゃって悪いな。

「ええと確か俺の部屋は」

「二階の角です。シャーリーの部屋の隣です」

「そうだった。その隣がジャノの部屋だったよな。確か三部屋」

「はい、おっしゃる通りです」

シャーリーと共に二階にあがり、自分の部屋へ入る。角部屋だから窓は二つ。どちらも出窓になっていて、光が入るので明るい。

そうそう、明るいのは南向きだからってのもあるな。辺境伯領では夜になるとランタンやロウソクになるので、南向きに窓が作られた部屋がとかく好まれる。宿舎は広い敷地の中に建てられているから、二階の宿部分はすべて南向きの窓がある。廊下が北側にあって、部屋が南向きになるように作られているということだ。

南側が日当たりがよいということは、辺境伯領は北半球にあるということで間違いない。惑星の傾き具合が地球と同じなのかは分からないけど、この世界にも四季がある。地球と比べてそれほど変わりはないいんじゃないのかな？

ひょっとしたらジャノなら詳しく知っているかもしれない。だが、聞く時は注意が必要だ。惑星が、なんて口を滑らすとその知識はどこから来たんだ、とかもっと詳しく喋ってくれ、となり、半日ほど彼に付き合わされることになる。

何で知っていたかの方はすぐに対策できるので、まあよいとして、彼の知的好奇心の相手をするのはタフだから本当に必要に迫られた時にしておかなきゃな。

え？　どんな対策を取るんだって？

そいつは【種の図書館】の能力だとか言っておけば問題ない。俺以外に【種の図書館】のスキルを持つ人に出会ったことがないので、ジャノも不思議には思わないだろう。

【種の図書館】からもたらされる知識は種のことだけなのだけど、言わなきゃ誰も分からない。

おっと、窓以外にもちゃんと元宿舎としての家具が揃っている。この部屋にはベッドと机に

【種の図書館】のウィンドウは俺にしか見えないのだから。

椅子、クローゼットが置かれており、窓にはカーテンも取り付けられていた。

恐らく他の部屋も同じような作りだろう。

ベッドに腰かけ、置かれた木箱を見やる。木箱は二人で左右を持つほどの大きさで、俺の私物はすべてこの中に入っている。種は別の木箱に入れていて、一階に置かれているはずだ。

木箱だから持ち運ぶのも重たいよな。階段を上るのも大変だっただろうに。御者のみなさん、ありがとう。

心の中で感謝を伝え、改めて後でお礼を言おうと心の中に刻み込む。

「(木箱を)さっそく開けられますよね。お手伝いします！」

「急がないかな。それはそうとシャーリー、俺の部屋を掃除してくれたんだよな？」

「一応は……ですが、急ぎでしたのであまり」

「いや、とても綺麗になっているよ。他の部屋はまだだよな」

「ジャノ様のお部屋も終わってます」

「よっし、じゃあ、他の部屋の掃除をしようか」

「え。えええ。イドラさま自らお掃除されるのですか？」

「ダメかな？」

「ダメじゃないですけど……」

「邪魔にならないようにするよ。掃除の仕方、まずかったら教えて欲しい」

「も、もちろんです！」

ワタワタするシャーリーの耳と尻尾がせわしなく動く。

「あ、先に御者の人たちへお礼を言いに行きたい」

「御者の方たちはジャノ様の荷物を運ぶお手伝いをしています」

「あ、ああ。入口の方にはいなかったから、裏口からかな」

「いえ、窓から直接、です」

「二階だったら確かにそれでいけるか。なにしろ量が多いものな……」

なるほど、御者の人たちを見なかったのは外側から搬入作業をしていたからか。

先に彼らの様子を見に行くとするか。


「まだまだかかるよ」

「意外だ……」

「僕の蔵書だからね。当然さ」

「それでもさ」

御者に混じって汗水垂らしていたジャノに驚く。肉体労働はしません、と普段から体を動かすことを毛嫌いしている彼が率先して木箱を運んでいるなんて。

おっと、作業を見守りに来たのではないんだ、俺は。

両手を上にあげ、声を張り上げる。

「御者のみなさん、少し休憩にしましょう。ありがとうございます」

シャーリーに水を持ってきてもらい、何か振舞えるものはなかったかと思案した。

荷物は最低限にしたからなあ。手持ちの種で何かよいものはなかったか。

ポケットに入れておいた種に触れ、【種の図書館】を発動する。

お、これがいい。

そのままだとすぐに使えないから、成長力を極限まで強化して、環境適応力も最大化しよう。

一気に強化したため、ゴソっと魔力を持っていかれる。その場に膝をつきそうになり、ジャノが支えてくれた。

「大丈夫かい？」

「一気にやり過ぎた。今までにない強化にしたよ」

「そいつは楽しみだね。植えたら大木になるとか？」

「なればいいなあって」

いざ、実践タイム。

成長力+++、環境適応力+++、果実+++、そして単体でも実をつける特殊能力も付けた。

まるで芽が出ていなかったドワーフの畑が頭をよぎるが、宿舎から十五歩くらい離れ種を植える。

ちょうど戻ってきたシャーリーに水をもらい、埋めた土の上から水をかけた。

すると、ビデオの早回しのように芽が出て、茎が伸び、木になって、見事なリンゴの実をつける。

「お、おおおお」

「おお、神よ」

「なんという……イドラ様は神の御子だったのですね」

御者たちがその場で膝をつき、拝むようにたわわに実ったリンゴの木を見上げ、祈りを捧げる。

シャーリーもペタンとお尻をつけ、ぽかんと口を開け固まっていた。

もう一方のジャノは肩を竦め、参ったとばかりに両手を開く。

「凄まじいね。これが極限強化かい」

「自分でもちょっとビックリだよ。みなさん、出来たてのリンゴをどうぞ」

と言いつつも木登りしないとリンゴが取れないぜ……。

リンゴを振舞った結果……いや、リンゴの木がみるみるうちに成長していく姿を見て、御者の人たちは家族がいる者以外はこのままエルドーシュに留まりたいと申し出てくれた。

さらに、家族がいる者も家族をつれて村に戻ってくると言うではないか。

どんな心境の変化だよ、と思わなくもないが、人手がいるに越したことはないし、一応俺は領主なので村に住む許可を与えることができる立場だ。

そんなわけで彼らが村に住むことを歓迎することになったのであった。

「ふう。よく寝た」

心地のよい朝だ。訓練に励む野太い声で目覚めないとこれほど穏やかな気持ちで目覚めることができるなんて。

母を失った悲しみは未だ俺の胸を締め付ける。でもそれ以上に新天地に対するワクワク感が強い。

さあて、まずは何をしようか。うーん、領主という役割についてよく分かっていないから、まずはジャノに相談するとしようか。

「もぎゅう」

ベッドから降りると布団から茶色いもふもふが顔を出す。

帰ってきていないなと思ったらいつの間にか布団に潜り込んでいたのか。のそのそとベッドから降り、前脚を床につけじっと俺を見上げてくる。

「どこに行ってたんだ？」

「もぎゅ、もぎゅ」

クルプケを抱き上げると鼻をヒクヒクさせ小さな尻尾をだらんとさせた。

ん、リンゴの芯が床に転がっているじゃないか。夜に帰ってきた彼が食べたんだろうな。

脇の下をわしゃわしゃし彼を床に降ろすと、鼻をすんすんさせカリカリと床を引っ掻く。

「種か」

「もぎゅ」

変わった形の種だな。赤色で細長い。ヒマワリの種より細く縦に長い種だった。こんな大きな種を見るのは初めてかもしれない。

何の種なんだろう？

さっそく【種の図書館】のスキルで鑑定してみるかと目を閉じたその時、扉向こうの廊下であわただしい足音が響く。

「イドラさまあああ。た、大変です！」

「一体何があったんだ？」

この声はシャーリーだ。朝っぱらから一体何があったんだろうか。

普段はこんな朝早くから彼女が訪ねてくることはまずない。俺が寝ているのを起こしてはいけないと彼女が考えているからだ。

それでもこうして訪ねてくるとは余程のことがあったに違いないはず。

「あ、あのですね。リンゴの木に何かいます」

「リンゴの木に？　さっそく行ってみるか」

「危険なモンスターかもしれません！　危ないです」

「危ないモンスターなら既に宿舎がどうにかなってるって」

積極的に寝込みを襲うモンスターなら、窓が割られ中に侵入されている。

そうじゃなくて、リンゴの木に留まっているってことは目的が俺たちを襲うことじゃないと予想できた。

リンゴが好きな何かなのだろう、きっと。

もしもの時は手持ちの種でなんとかするしかない。

上着を着て、ポケットの中を確認する。うん、この種セットだったらしばらくの間粘ることはできる。

「あ、あれです」

「むしゃむしゃしておるな」

「し、していますけど……」

「フルーツ食の爬虫類じゃないかな？」

さっそくリンゴの木の下に行ってみたら、緑色の何かが枝に乗っていた。

そいつはむっちゃむしゃとリンゴを食べている。

シャーリーは俺の背中をギュッと掴み、犬耳もペタンとして怖がっていた。

彼女からリンゴの木のところって聞いたので、ついてこなくともいいと言ったんだけど……。

いっそう手に力が籠った彼女が言葉を返す。

「爬虫類？　トカゲ……ですか？　トカゲには見えません……なんだかずんぐりしてます」

「爬虫類といっても色んなのがいるからさ。ジャノから聞いたんだ」

トカゲじゃないよなあ、あれ。

大きさはクルプケくらいで、緑色の鱗にぬいぐるみのようにまるまるとした爬虫類。

何と言えばいいのか、デフォルメしたミニドラゴン？がイメージに近い。

そいつは満足したのか、リンゴを食べる手をとめ、小さな翼を震わせるわせて下に降りてきた。

「きゃあ！」

と同時にシャーリーの悲鳴があがる。

彼女を護るようにして前に立ち、降りてきたミニドラゴンを見据えた。

じんわりと手に汗がにじむが、ふところに忍ばせた種をいつでも取り出せるように構える。

「ウマウマ」

「しゃ、喋った……」

ミニドラゴンが喋ったことで、あっけにとられ先ほどまであった緊張感が完全に緩んでしまう。

「モット、ナイカ?」

「もっとって……?」

「ウマウマ、モット、ナイカ?」

「うまうまってリンゴのこと?」

リンゴならそこにあるし、足りなくなればもう一本育てればいいだけ。

こいつの言う「モット」は別のフルーツを食べさせてくれってことなのかな?

フルーツか。

あるにはあるが、そのままじゃここでは育たないかもしれない。

リンゴと同じく成長力＋＋＋、環境適応力＋＋＋を付与した方が確実だ。

どうしたものか。日本にいた頃の味を再現したくて作ったフルーツがある。他にも辺境伯の伝手を頼って手に入れたものも。

ただ、昨日の経験から成長力＋＋＋、環境適応力＋＋＋を付与したら魔力がすっからかんになってしまうんだよな。

ミニドラゴンが危険かそうじゃないか分からないうちは……いや、危険じゃないと判断した。これで襲われるのだったら、もう仕方ない。

だってさ。よだれをダラダラ垂らしてじっと待っているんだもの。

「シャーリー、大量に魔力を使う。支えていてくれるか」

「畏まりました！」

震えていた彼女だったが、俺がお願いをするとシャキッとする。メイドの鑑とは彼女のような子のことだな、うん。

ちょうど持っている種の方でいくか。

目を瞑り心の中で念じる。

『開け、【種の図書館】』

手持ちの種に成長力＋＋＋、環境適応力＋＋＋を付与し、ゴソっと魔力をもっていかれ体から力が抜けた。

シャーリーに支えられなんとか座り込まずに済んだ。

「ありがとう、シャーリー」

彼女にお礼を述べつつ、リンゴの木から十歩離れたところに強化した種を埋めた。

「お水、持ってきます！」

パタパタと水を取りに行ったシャーリーを待つ間、その場に腰を下ろしミニドラゴンの様子を眺める。

「ウマウマ、マツ」

「もう少し待っていてくれ」

俺の予想通り、こいつは食べ物のことしか頭にない。特に危険はないと見てよいだろう。

お座りして腹を出している姿はなんともおまぬけである。デフォルメされたドラゴンのような姿をしているけど、ドラゴンの一種なのかな？

ジャノから見せてもらったイラストでは子供のドラゴンでもいかつい顔をしていたのだけど……。

などと考えているうちにシャーリーが水を持って戻ってきた。

水もいちいち取りに戻るのは面倒だよな。この辺り一帯を果樹園にしてもよいかも。それなら水撒きができるようリンゴの木の近くに水を引くか。

んー。そうなれば水をどうやって引こうか。

「イドラ様？」

「あ、すまん」

種を埋めた辺りに水を撒くと、昨日のリンゴの木と同じように芽が出てきてあっという間に木になりたわわな果実が実る。

果実は黄色味のある茶色でオレンジも少し混ぜた感じかな。こいつは辺境伯どころか王国内にも存在しない果実で、俺が種を強化し進化させて魔改造して作成した一品。

前世で好物だったんだよね。

「わあ、梨じゃないですか。瑞々(みずみず)しくて私、大好きです！」

「おいしいよな」

そう、シャーリーの発言の通り、この果実は梨なんだ。

リンゴの種を手に入れてから、種を進化させていると梨になったんだよね。その過程で洋ナシもできた。

洋ナシの種も持ってきているから、後ほど植えておくか。種を植えるのはいいのだが、あまり植え過ぎると世話をするのが大変になる。

元御者の村民には畑や果樹園を手伝ってもらう予定なので、彼らと相談しながら数を決めた方がいいか。

「ウマウマ」

「いつの間に」

シャーリーと喋っている間にあの小さな翼をパタパタさせて枝の上に着地したらしい。

ミニドラゴンは両前脚で梨を挟み込み、大きな口でもしゃもしゃとやっていた。

「俺たちも食べよう。朝ごはんだ」

「はい！」

背伸びして届くところの梨をもいで、シャーリーに手渡す。

軽く水で洗ってから皮ごとパクリといく。

「んー」

「おいしいです！」

この瑞々しさがたまらないよなあ。梨ってやつはよお。

謎のノリで心の中で感想を述べる。シャーリーの犬耳はさっきからせわしなく動きっぱなしだ。

俺もまだ食べ足りないし、彼女もまだいけそうなので追加で二つ梨をもいで、おかわりタイムとした。

「モット、アルノカ？」

「あるにはあるけど……」

「ウマウマ」

「まあ、もう一本くらいならいいか」

手持ちがなかったので、今度は俺が宿舎に入り、洋ナシの種を持ってリンゴの木のところに戻る。

するとと人が増えていた。ジャノではなく髭もじゃのドワーフが。

あの人は村で唯一畑をやっている人だよな。

「お、やはりお主か」

「昨日は畑を見せていただきありがとうございました」

どうやら俺のことをいたく気に入ってくれたらしく、村の外の者なら宿舎にいるんじゃないかと見に来てくれたのだそうだ。

目的は違ったのだけど、散歩ついでにってことらしい。

散歩の目的もここにいたそうで――。

「こやつを探しておったのよ」

「このドラゴンらしき生き物を？」

ドワーフが指さす先はミニドラゴンだった。

そうか、彼のペットだったのかあ。それなら人に慣れていてもおかしくはない。

喋るペットっていかにもファンタジーで素敵だよな。いや、クルプケが可愛くないって言ってるわけじゃないぞ。

ちょこんと地面にお座りしたミニドラゴンがパカンと大きな口を開ける。

「クレイ」

「へえ、クレイって名前なのか」

ん、ドワーフがひっくり返りそうなくらい驚いているじゃないか。

飼い主なのにミニドラゴンが喋ることを知らなかった？　いやいやまさか。

「こ、こやつ、喋りおった」

そのまさかでした。

ドワーフはミニドラゴンが喋ることを知らなかったようだ。

彼の驚きなど知らぬとばかりにミニドラゴンは自分のペースを崩さず続ける。

「ウマウマ、イッパイ、クレイ、シャベル」

「ええと、リンゴと梨を食べたから喋ることができるようになった？」

「ソウ、ウマウマ」

「へぇ……」

いやいや待て待て。どこに果物を食べるだけで喋ることができるようになる生物がいるんだよ。

あ、ここにいた。

一人ノリ突っ込みをしている間にドワーフが再起動していた様子。

落ち着きを取り戻した彼は俺の方へ向きなおる。

「こやつ、いやクレイはたまに儂の家に転がり込んできておったのだ。今朝やってきてのお。それで腹をすかしておったようだから何かないかと目を離しておったら」

「リンゴの匂いを嗅ぎつけたのか、ここへ来たと」

「そのようじゃの。この辺りの森にはリンゴのような果実はない。あったとしても人が食すには厳しいものじゃな」

「野山に行くと食べられる果実やどんぐりくらいはあるものなんですけど、そうじゃないと」

「どんぐり、も見たことがないのお。森に行けども、食材となるものは少ない。キノコであっても人が食すことができるものは少ないの」

ふうむ。枯れた大地と言われる所以を垣間見た気がするぞ。

草木はあるが、食材となるものが少ない。野山を歩くことを生業にしている彼が言うのだから、素人の俺が行っても全く食材が見つからない可能性が高い。

畑で小麦の種を撒いても育たないし、野山に食材となるものが自生していない、この辺りが『枯れた』と表現される所以のようだ。

とはいえ、俺に不安は一切ない。既にリンゴと梨の木が立派に育ったからさ。

懸念点もある。梨は完全別種で、リンゴはこの辺りの植生からすると外来種だ。この地の植物じゃないから育つ、という線もあり得る。

だったら小麦は何で育たないのだ、ってことになるかもだよな。うーん、実践あるのみ。それで育つものと育たないものは分かる。

あ、俺とドワーフが気がついたのは同時だった。

「自己紹介をしてませんでした。改めて、イドラと言います。昨日、この村に引っ越してきました」

「儂も同じことを考えておった。ドノバンじゃ。よろしくな」

昨日と同じようにガッシと握手を交わす。

続いてシャーリーをドノバンに紹介した。

「シャーリーです！」

「よろしくのお」

彼女とも握手を交わすドノバン。

いやあ、すっかり忘れていたよ。同じ村に住んでいるのだから、一度きりの関係にはならないってのに。

そもそも村に引っ越してきたのだから、ご近所挨拶する時に名乗るべきだった。

挨拶が済み、一息ついたところで今更ながらドノバンが「ん」と白い眉根を寄せる。

「リンゴと洋梨……にしては少し形が変わっておるが、こんな場所にあったかのお」

「ありますよ」

「昨日……から……じゃと⁉　お主、木を運んできおったのか！」

「あ、いや。種を植えたんです」

自分の特殊な能力のことを話すべきか一瞬迷ったが、これからどんどん【種の図書館】のスキルを使っていくわけだし、いずれ分かることだ。

なら、特に隠す必要もないか。

「種を植えた」と説明することで逆に訝しむ彼へ強化済みの種を手に取って見せる。

「ふうむ。これがのお。俄かには信じられんの」

「もう一本くらいなら大丈夫そうかな」

種を植え、水をかけると先ほどと同じように芽が出てにょきにょきと木が伸びた。

細長く三日月型に湾曲している葉が特徴的だ。特段これといった食用の果実はない。

新たな果物を期待していたミニドラゴンのクレイはあからさまにがっかりとして腹を出してふてくされたようにひっくり返る。

手持ちだったから仕方ない、仕方ない。

俺の手持ちで一番多いのは薬効のある植物である。

この木もその一つ。前世の知識から何かしら効果があるんじゃないかと思って入手したものなんだ。

「王都の方でたまに見る木じゃな」

「王都まで行かれたことがあるんですか」

「うむ。修行時代は王都にいたんじゃ。王都にはドワーフの組合があるからのお」

「へえ。一度、王都には行ってみたいです」

王都かあ。領都コドラムも行商人から聞いた話だと、それなりに栄えている方なのだと聞く。

だが、どの行商人も口を揃えて王都の賑わいは他の街と比べ物にならないと言う。王都の話を聞くばかりで行ったことがないとなると、想像上の王都の姿だけが大きくなってきていてさ。実際に訪れると期待が膨らみ過ぎた分がっかりするかもしれない。

「ふうむ。見事なもんじゃの。お主、魔法使いか何かだったのか」

「魔力はあるんですが、魔法は使えないです」

「となると、スキルか。儂も持っておる」

「俺のはこういった種を作るスキルです」

ドノバンはどう？と聞くのはさすがに憚られるなと思ったので、自分のスキルを伝えることで暗に教えてくれないかな、ということを伝えてみる。

あっさり自分のスキルを語っておいてなんだが、自分の秘めた能力というのはセンシティブな問題なんだよね。

しかし彼は特に悩む素振りもなく自分の能力を語り始める。

「儂のは大したものではない。【鋼の手】というスキルじゃ」

「【鋼の手】？」

「うむ。熱いものに触れても平気になる。燃え盛る松明でも赤くなった鉄でも触れることができる」

「凄いじゃないですか。まさに鍛冶にうってつけですね」

「なくとも鍛冶はできる。火傷しなくて済むくらいじゃな。しかし、火傷をするのは下手な証拠だの」

便利なスキルだと思うのだけどなあ。モンスターのブレスも両手でガードとかできそうだし。熱した鉄に直接触れることができるなら繊細な動作も行いやすいはず。

「過程はどうあれ実が取れればよい、と思いますが、変でしょうか?」

「ガハハ、おもしろいことを言う。使う側からすれば使えれば同じ。当然のことだわな」

「おとすつもりじゃ」

「分かっておる。儂の話はここまでじゃ。この木、お主のことじゃ、ただの木というわけではあるまいて?」

「ま、まあそうです。この木はラディアータという品種で、葉から薬効成分のある油が採れるんです」

「ほう、薬になるのか。ポーション類は専門外でとんと疎くての。だが、興味がないわけではないのじゃ」

「油を採る工程は難しいものじゃありません」

ラディアータは地球だとユーカリの木の一種で、製油として使われる。

行商人が持ってきてくれた種を鑑定したところ、アロマオイルの原料となると出て、そこから種の強化が始まった。

この世界ではユーカリと呼ばれず、ラディアータと呼ばれていた。といっても地球のユーカリのラディアータ種と同じく、アロマオイルとしての効果がある。

効能は殺菌作用や喉の痛み、花粉症などに効く。効能というのか薬効と言った方がいいのか迷うところだが、薬効部分を強化し母の部屋で使ったりしていた。

殺菌効果があるので除菌にもよいかと思ってね。他にも香りによるリラックス効果や集中力を高めてくれたり、もする。

藁にもすがる思いで、薬効成分のある植物の種を集めたからなあ。持ってきた種の中にもこういったものが多数ある。薬効成分のある植物はラディアータのような木より、草の方が種類が多いかな。

薬草と言うくらいだし、やはり草が多いのだ。

「そうじゃ、お主、木を育てるだけじゃないのじゃろ？」

「その通りです。俺の能力は種を作ることなので」

「畑で作物も育てるつもりじゃな」

「そのことなんですが……ドノバンさんに俺の作った種を使って欲しいんです」

「いいのか！　儂の植えた種はまるで育たん。一度や二度じゃないからの。大歓迎じゃ」

「ありがとうございます！　もし俺の種が育つようだったら、少しお手伝いして欲しいことがあるんです」

「ほう？　儂も収穫ができるような種なら礼をしたいところじゃ」

「俺以外にも村に住み始める人たちがいまして、彼らに農業の指導をしていただけないかと。も、もちろん、ずっとではなく、お手すきの時だけで」

「なんじゃ、そんなことか。儂も畑の手入れをするからの。その時に一緒に動けばよい」

おおお。言ってみるもんだ。

俺にとっては一石二鳥どころじゃあないぞ。作った種が成長するのか確かめることができるし、村人になる御者の世話もできて、村に作物をもたらすこともできる。

ドノバンにとっても悪い話じゃなくて、よいこと尽くめだ。

「クレイ、ウマウマシタイ」

「あ、食べたければ食べていいよ」

「ウマウマ」

会話が途切れたところで、ミニドラゴンのクレイがもっと食べたいとせがみ、否はないので許可をした。

彼はさっそくパタパタと小さな翼をはためかせて、リンゴの木の枝に着地する。

よほどお腹が空いていたのかねえ。さっきからずっと食べっぱなしだ。彼に対しては気になることがあるけど、俺たちにとって特に害になることでもないししばらく様子見かな。

え？　気になることはなんだって？

ドノバンとクレイはこれまで交流があった。にも関わらずクレイは一度たりとも喋ることがなかったということだよ。

敢えて喋らない……ということもなくはないけど、可能性は極めて低いと思う。

彼は腹芸ができそうにないし、初対面である俺とシャーリーの前でも喋っていたくらいだから、特に自分が喋ることができる、ということを隠すつもりなんてないはず。

となれば、彼はこれまで喋ることができなかったということさ。

何で喋ることができるようになったのか。本当にリンゴを食べたから……とは信じ難いんだよねえ。

リンゴを食べると喋ることができるようになるなら、リンゴを啄みに来た鳥たちだって喋り出すんじゃないか？

当初はリンゴから魔力を、とか思ったけど、よくよく考えてみたらリンゴは関係あるにしても、主要因じゃないと考え直したんだ。

考え始めたら気になってきた……答えの出ないことだから考えないようにしていたってのに。

ジャノほどじゃないけど、俺も一度考え始めると気になって仕方なくなることがある。

「おや、リンゴだけじゃなく増えてるじゃないか」

俺の考えを途切れさせたのは新たな顔だった。

声の主は本を片手に欠伸を噛み殺したジャノである。

起きるのが俺たちより遅かったのか、今も片手に持っている本を読んでいてこの時間になったのかは判断に迷うところだ。

馬車を何台も使って持ってきた大量の本は、全部読んだことのある本じゃないのかな？

「やあ、ジャノ。君も食べるか？」

「ありがたくいただこう。できれば、梨がいいな。喉も渇いているから」

「分かった。ほい」

「ありがとう」

背伸びして梨をもぎ取り、ひょいっと投げる。対する彼は本を持っていない方の手でぱしっとキャッチした。

「この後、相談したいことがあるんだけど、よいかな？」

「そうだね。僕からも君に提案がある」

「そいつは楽しみだ」

「期待するようなことでもないよ」

彼の提案と俺の考えていることは同じ気がする。早急に考える、となるとそこかなって。

「食糧のことなんだ」

「御者の家のことなんだけど」

「あれ？」

「どうしたんだい？」

ドノバンと別れ、宿舎の一階の元食堂でさっそくジャノに相談をしたのだけど、予想と異なり俺と彼の考えは異なっていた。

「紅茶が入りました」

「ありがとう、シャーリーも座って」

「は、はい」

言わなきゃ彼女は立ったまま後ろに控えてしまう。

辺境伯宮と違って他の人の目もないし、必要性もないのに立ったままでいる必要はない。彼女が警備兵なら話は別だが……。

ここについてきてくれた時点で、俺と彼女の関係性も変わると思っている。

ジャノと同じで彼女も俺と志を同じくする同志じゃないか。

と俺が思っていても、なかなか身分というものは重い。俺の自己満足だけで逆に彼女に窮屈な思いをさせたら本末転倒なので、強制もよくないんだよねぇ。

難しいところだ。

淹れたての紅茶の香りを楽しんでから、ずずずと一口。

「君が僕に相談したかったことが食糧というのは？」

「いや、ほら、枯れた大地というわけで作物が育たないわけじゃないか」

「そこは全く心配をしていないけど？」

「そうなの？」

ん。思っていたのと違う。どういうことだ？

対するジャノは当たり前のことを、といった風に続ける。

「そうさ。まず、君の【種の図書館】の力ならリンゴの木を成長させることができたわけじゃないか」

「ならば他も問題ないと？」

「問題があったとしても、食糧は領都から供給を受けているんだろ。小麦などの穀物だけかもしれないけどね」

「村民は他に狩猟でなんとかして生活をしているのかもな」

農業をしていないのなら、狩猟や採集をしていると考えるのが普通だ。

現時点で彼らは飢えずに生活できているのだから、俺の種がうまくいかなくても即飢えに苦しむってわけでもない。

なるほど。だから第一に考えるべきことでもないか。確かに理屈は通っている。

「衣食住、一応なんとかなっているんじゃない？　村が存続しているわけだし」

「口減らしや他の村へ移住もありそうだけど」

「あるかもしれないね。よしんばそうだとしても、君のスキルは君が一番分かっている。相談をするにしても上手くいかなくなった時じゃないのかな？」

「確かに……じゃあ、御者の家のことってのは？」

ここで一息おいて、お互いに紅茶を口にした。

ジャノが先に口を開く。

「御者は領都へ帰る予定だったが、君のスキルを目の当たりにして惚れこみ、ここに住むと申し出た」

「ま、まあ、結果から言うとそうだな」

「村民は食べていけなくなり、出ていく可能性はあるにしろ現状、衣食住は整っている。種の力を見れば考え方も変わるかもしれないが、基本村社会とは保守的なものじゃないかな？」

「よそ者は歓迎されない風潮があるのは確かだ」

日本の村社会とは比にならないくらい閉鎖的な村もあった。

日本と異なるのは閉鎖的であっても、貴族が来ればちゃんと対応するところかな。

「すべての村人じゃないけど、僕らが来た時に補給だと思って出てきた村人がいただろ」

「いたいた」

「あの死んだ目を見たかい？　ただ生きているだけに見えた」

「否定はしない」

「彼らの目を覚ますことができたなら、保守的、なんてものが吹き飛ぶと思うんだ。あっと驚くことを派手に実行する、どうだい？」

悪くない手だと思う。村人の雰囲気はそらもうお通夜を通り越して達観するまで来ているからな。劇的に変えるには劇薬だ。とはいえ……。

「村人と御者の家で何が繋がるんだか」

「そこで君の力だよ。いずれにしろ御者用の家は必要。宿舎に住んでもらってもいいのだけど、僕らも彼らも窮屈になるだろ？」

「俺の力と家が繋がらないんだって」

「以前君は植物の力で水をひいて見せた。なら、さ」

う、うーん。できるのか？

いや、試したことも考えたこともなかったから見向きもしなかった。

よっし、試してみるとするか。【種の図書館】の力、とくと見せてやろうじゃないか。派手に。

気合が入ったところで、のそのそとクルプケが姿を現す。

「もきゅ」

「また種を取ってきてくれたんだ」

抱き上げてわしゃわしゃすると、目を細めグルグルと喉を鳴らすクルプケ。

こうしていると犬や猫のようだけど、クルプケはネズミの一種なのだよな。ネズミでもカピバラとか大型種もいる。

今度の種は朝の種と違って特徴のない種だな。朝顔の種のようにも見える。

クルプケを降ろし、ジャノへ目を向けた。

「ここでこのまま種を強化してみるよ」

「楽しみにしているよ」

そう言い残してジャノは部屋を出ていく。


さてっと。首を回し、手を組み「んー」と前へ伸ばす。

先にクルプケが持ってきた種を調べてみよう。

一つ目。大きな種の方から。赤色で毒々しい。

目を瞑り心の中で念じる。

『開け、【種の図書館】』

目を開き、毒々しい赤い種に触れた。

視界にいつものゲームのようなステータスウィンドウが出現する。

『ツリーピングバイン：敵性、自走可能、特殊能力無』

「ひい。これモンスターの種じゃないか」

このまま種を植えていたら、襲われていたかもしれんぞ。

植物型のモンスターはいくつか種類がある。もっとも、実物を見たことはないのだけどね。

これもまた例のごとく、ジャノの持っていた図鑑からの情報である。

植物型モンスターは植物のような見た目をしており、光合成……をしているのかどうか分からない。

有名どころでは動く木のトレントかな。大木の姿をしていて、幹に顔がある。根は地面から出ていて、根を動かして移動する……と記載されていた。

ツリーピングバインは蔦(つた)型のモンスターで、蔦を束ねたような胴体で足部分も蔦である。獲物を蔦で捉えて胴体部分にある口に放り込んで捕食する……らしい。

怖気を覚えつつも、次の種の鑑定に移る。

『アルラウネ：中立、自走可能、特殊能力無』

「今度もモンスターの種かよ……いや、妖精に近いのか？　敵性じゃないし」

アルラウネもジャノの図鑑に載っていたな。マンドレイクの亜種で女の子の上半身をしていたんだっけ。

　マンドレイクは大根に足が生えたようなモンスターなのだが、見た目がまるで異なるけど本当に亜種なのか、とジャノに聞いた記憶がある。

「しっかし、どちらもモンスターの種か。クルプケ、よくぞ無事で戻ってきたな」

　自由に出歩かせない方がいいかもしれない、と思いつつも彼の行動を制限する術もなく。

　使い魔であるが、俺は魔法使いではないので彼と会話することもできないし、使い魔になったことで特にクルプケの能力が強化されたわけじゃない。

　だが、俺かクルプケどちらかが危機に陥れば、悪寒がする。その時強く念じれば、お互いの場所が分かるのだ。

　クルプケの行動範囲は徒歩だし、危機を感じた時に馬で駆け付ければなんとかなるか。

　それにクルプケは穴を掘るのが得意だ。万が一の時は潜って逃げたりもできる。

　悪寒を感じたらすぐに行動できるようにだけはしておくか。元御者の村人たちには馬を見てもらうことになっている。

　もしもの時の足もあるからよしとしよう。

「本題に入るとするか」

　家、家ねえ……。

　家となると少なくとも木じゃないとダメだよな。

せっかくなら資源にもなるものがいい。こいつで行くか。

『オリーブの木　成長力＋＋＋、環境適応力＋＋＋、病気耐性＋＋＋』

ここまではまあいつも通り。オリーブの実はオリーブオイルになるので、一石二鳥である。

魔力のある限り、やるか。

【種の図書館】の力はただ強化するだけじゃない。

種を魔改造……進化させることができるのだ。普通の強化より遥かに魔力を消費するので、
一日にできる回数に制限がある。

強化も回数制限があることは変わらないけど数十回可能であるが、進化は二回が限界だ。

「まずはすべてのパラメータをマックスにする」
・オリーブの木
・成長力＋＋＋
・環境適応力＋＋＋
・病気耐性＋＋＋
・再生力＋＋＋
・果実＋＋＋
『すべてのパラメータがマックスになりました。進化させますか？』

させる。と念じると候補が表示された。

木に住むとなると空洞が必要だよな。もしくは枝が床のようになって屋根までできちゃうとか。

強化する場合は名前しかでなくて、どのようなものになるか実物を見てみないことには分からない。

あ、でも、強化先にまんまなものがあった。よっし、これで行こう。

進化、と念じるとゴソっと魔力が持っていかれクラリとした。

一個つくることができたら、【種の図書館】の便利能力を使う。

その名も『転写』だ。

全く本当に便利過ぎる種の図書館の能力には驚きを通りこして呆れまでくるってもんだ。

「転写」は手持ちの種のパラメータを他の種に上書きする能力である。

要は作った種とコピー&ペーストする機能というわけなのだ。

転写は強化くらいしか魔力を消費しないので、残魔力で十分必要数を準備することができる。

え？　一体どんな進化をさせたんだって？　そいつは見てからのお楽しみさ。俺も見るのが楽しみで仕方ない。

「ふう……」

「イドラさま！　真っ青になってます！　だ、大丈夫ですか？」

一息ついたタイミングを見てシャーリーが紅茶を運んできてくれた。

そんなに酷い顔をしていたのかな？　彼女の犬耳がペタンとなり、尻尾もせわしなく動いているではないか。

彼女の場合、表情より犬耳と尻尾に感情が出る。

「久しぶりに進化を使ったんだ。それで魔力がさ」

「そ、そうだったんですか」

「ついでに転写もしちゃって。もう魔力が底をつきかけている」

「すぐにお休みになった方がよろしいかと」

「眠たくはないけど、昼過ぎまで横になるよ」

「お着替えを準備いたしますね」

「いや、そのままでいいよ」

着替えてベッドに寝転がったら本当にぐっすりと寝てしまいそうだ。

夜に起きていても暗いしやることがない。ランタンに灯りをともせば本くらいなら読めるけど、特に読みたい本もないからさ。

種が準備できたので、村長のところに行きたいし。

立ち上がるとまたしても頭がクラクラしてよろけてしまう。俺を支えようとするシャーリーに「大丈夫」と断って、自室に向かう。

寝転んで少し魔力が回復してきたので、村長の元へ顔を出す。

時刻は昼下がり、ぽかぽか陽気なら丁度眠くなってくる時間帯だ。

訪ねると村長は快く俺を迎え入れてくれた。

「家を……ですと？」

「はい、一緒に来た御者たちがここで暮らしたいと申し出ておりまして」

「そ、そうですか」

「土地が空いていない、のでしょうか？」

真っ白の長い眉を寄せ、悩む村長に質問を投げかける。

村長の懸念は俺の思うところとは違っていた。

「土地ならいくらでもございます。お恥ずかしいことですが、見ての通り、村を覆う柵も機能しておりませんでな。村の外も中もありませぬ」

「となると、別のことで何かあるのですか？」

「イドラ様は村の事情をご存知ですかな？」

「はい、自分の治める地域にある唯一の村ですから」

あ、やっと察することができた。

領主である俺に対し、彼も言い辛いのだろう。ここは俺から言った方がいい。

「村長殿。食糧についてご懸念されているのですか」

「は、はい……」

「それならご心配なく。私も含め、今までの補給物資には手をつけるつもりはありません」

「そ、そうでしたか」

万が一、俺たちや御者の分の食べるものがない事態になりそうなら父を頼るしかないが、リンゴの木が育っているし小麦が育たなかったとしてもなんとかなる。

行き違いのためか、微妙な沈黙時間が流れ、先に、村長が殊更明るい声で取り繕うように発言した。

「村人の住居と重ならないようにしてくだされば問題ございませんぞ」

「では、さっそく新村民を呼んで家を作ります」

「イ、イドラ様、補給物資の件は……」

「ご心配なさらず。我々の食べる分は父に追加で頼むこともできます」

「そ、そうでした！　イドラ様は辺境伯様のご子息であらせました」

今度は完全にホッとしたのか、村長の雰囲気が変わる。

まあ、物資は心配ないと言っても領主権限で取り上げられるとか心配していたんだろうな。

そんな心配なぞ、家作りを見てくれれば分かるってのに。

「もしお時間ございましたら、家作りを一緒に見学しませんか？」

「はい！　是非に！」

自分に不利益のないことで俺の機嫌を取れるなら、とでも思っているのだろうか。

村長なら打算も必要だ。特に彼に対して思うところはない。むしろ、厳しい村事情の中、よく村を維持してきたと思う。

厳しい目で譲れないところは死守しなきゃ、農業のできない村だとすぐに干上がってしまうものな。この調子だと彼の辣腕で村民にはうまく補給物資が配給されていることだろう。

もみ手をする村長と共に元御者たちの家を建てる土地を見繕いに外へ出る。

「イドラ様、残った者はこれですべてです！」

「ありがとう。戻ってくる予定の家族はどれほどかな？」

「四家族です！」

「残っているのは一人用の住居の予定？」

「はい、おっしゃる通りです」

集まった元御者たちは全部で四人。これに四家族なので、小さな住居と家族用の住居をそれぞれ四棟建てればよい。

あ、補給部隊用の宿舎を俺たちが占拠しているから、彼ら用の住居も準備しよう。

村長はあっさりと宿舎を使ってと申し出てくれたのだが、補給部隊が来た時のことを考えていたのかな？

彼にとっては補給部隊も俺も『お上』のことだから、勝手によろしくやってくれると高を括り、丸投げしたのかもしれない。

村長と見繕った場所は宿舎から百五十メートルほど離れた荒地だった。大きな木もなく、雑草もまばらだ。

なるほど、これなら木を切り倒したり、岩を取り除いたり、といった整備をせずとも家を建てることができる。

俺にとってはどっちでもいいことなのだけどね。

集まったのは、元御者たちに加え、ジャノ、シャーリー、そしてドノバンに村長だ。

ドノバンはお礼にとハサミを持って訪ねてきてくれたところ、誘ってみたら見学に同行してくれた。

ハサミは見事なもので、木からリンゴや梨を採る時に使えるものだった。俺が素手でもいでいたので、余ってるものだから、と持ってきてくれたんだ。

果物のお礼にハサミでは釣り合わないけど、ありがたく受け取った。日本と異なり、ハサミは安いものじゃないんだよね。

鍛冶で作らなきゃならないので、すべて手作りだ。たまに刃を研ぐことも必要である。

彼には農業の指導もしてもらうし、いっぱいお礼をしなきゃだな、うん。

「いよいよだね。まさか、今日の今日とは思ってなかったけど」

「俺もだよ。ちょうどいい名称の進化先があってさ」

知的好奇心から目をギラつかせているジャノにせかされ、いよいよお披露目となった。

この辺でいいか。まずは一つ目。

穴を掘り、種を埋める。

シャーリーから水を受け取り、種を埋めた場所に水を注ぐ。

すると、リンゴの木の時と同じように芽が出てまたたく間に木となった。

今回はそれで終わりじゃない。

まず木の幹が直径十メートルくらいで、その幹の中に広い空間ができる。

その幹は地上から三メートルくらいの高さで途切れるが、そこから枝が捩れながら床や壁を形成していき、三階建の住居が出来上がった。全長は十五メートルほどの大木と圧巻である。

進化先に表示されていた名称は『ツリーハウス』だったんだ。思った通りの成長をしてくれてホッとしたよ。

「さすがイドラ様！　神のごとき！」

「植物に愛されしお方！」

元御者たちが膝をつき涙を流しながら絶叫した。

そ、それ少し恥ずかしいのだけど……。貴族に生まれながらも日陰で生きてきた俺にとって賞賛ばかりか崇められる事態はむずむずして据わりが悪い。

前世では黙々と業務をこなすサラリーマンだったので、大人数に囲まれて賞賛されるなんてシチュエーションはなかった。仕事も一人でやる方が好きだったからなあ……。

「ま、ま、まさか……種からおとぎ話のようなツリーハウスが生まれるとは……イドラ様……あなた様は一体……」

元御者たちと違って初めて急速に成長する木を見た村長は腰を抜かし、あわあわと口が半開きになっていた。

そこへ御者が余計な口を挟む。

「このお方こそ、植物の神が遣わせた神の子」

「イドラ様、あなた様ならば不毛の大地を豊かにできるやもしれません。いや、できますぞ」

村長も彼らに乗っかった。

「あははは。神の子イドラ様」

「ジャノ……残りも植えるぞ」

笑い過ぎだってばさ。

ひとしきり笑って満足したのか、ジャノは元の顔に戻り褒めてくれた。

「【種の図書館】の力、見せてもらったよ。素晴らしいとしか言いようがないよ。梨の時にも驚いたけど、ここまでじゃないよ」

「進化は植えて実物を見るまでどうなるか分からないからなあ。魔力もごっそり持っていかれるし」

「これまでは薬だけに集中していたからね。【種の図書館】の応用力はこんなものじゃあないと思ってるよ」

「ははは、それは褒め過ぎだよ。偉大なる魔法使い様」

ジャノは辺境伯領では珍しい頭脳派だ。持って生まれた魔力が高く魔法を扱える素質があった。素質があっても魔法を使いこなすことは別の話で、深い知識とたゆまぬ修練の結果、魔法を使うことができるようになる。彼はただ使うだけじゃなく、応用力にも長けており、魔法の本質というものを理解していた。魔法の本質まで理解している魔法使いは王国でも片手で数えられるほどしかいない、と王国の宮廷魔法使いが教えてくれたのだ。

「それはやめてくれないか」

「俺も同じ気持ちなんだって」

ジャノと苦笑しあい、次の種を植える。

そんなこんなで、都合二十棟のツリーハウスができたのだった。

出来上がったところで、ジャノが助言をくれる。

「井戸はどうするんだい？」

「我々で掘ります！」

元御者たちが口を揃えた。

穴を開けるだけなら、特に問題なくできるのだけど……。

「井戸掘りですか。道具はありますぞ」

「先日、儂が整備したばかりじゃ」

村長とドノバンが即協力を申し出てくれたので、井戸は元御者たちに任せるとするか。

ツリーハウスが出来上がる姿を目の当たりにした村長の態度はこれまでと一変し、非常に協力的になった。

この後すぐさま彼が村民を呼び集め、ツリーハウスの前でいかにツリーハウスが出来上がったのかを熱く語り、半信半疑ながらも村民たちも俺に何でも協力させて欲しいと申し出てくれたんだ。

ここで「畑を」とはまだ言えないな。元御者たちとドノバンが俺の種を使って育ててみてから、改めて依頼しよう。

派手にというジャノの提言は凄い効果だった。ツリーハウスの中でも家族向けの住居はインパクトが大きいものな。

俺も驚いたくらいだもの。

入口は洞になり、洞の中は六畳くらいの広さがある。中の螺旋状の階段を上ると外の枝に出て一つ目の部屋。ここは八畳くらいかな。少しだけ上の位置にもう一つ八畳くらいの広さの部屋があって、三階くらいの高さの場所に四畳、四畳と二つの部屋がある。一番高いところにある部屋からの見晴らしといったら格別なものだった。

宿舎がなければここに住んでいたかもしれない。

ツリーハウスには弱点もあって、煮炊きができる場所は必ず入口の洞の中になる。ここに釜を作って煮炊きができるようになっていた。他は煮炊き禁止だ。構造上、火災になる可能性がある……というのはジャノから教えてもらった。

二日後の昼過ぎに事件が起きる。元御者たちは着の身着のままで住むことになったので、日用品すらない。

幸い宿舎には余っている日用品があった。宿舎は俺とジャノとシャーリーの三人で住んでいるので、部屋が余っている。

都合のよいことに四部屋だったのだよね。それで、余った部屋にある家具類をツリーハウスに運び込んだ。一度領都に帰った御者たちは家族を連れて最低限の日用品も持って戻ってくる見込みである。

なので、残った四人の分がなんとかなればよい。

一日かけて家具を運び、調理器具などはドノバンからお古を譲ってもらった。一セットだけなので彼ら共同で使ってもらうことになるけど、そこまで不便は感じないはずだ。

その翌日の朝、引っ越しも終わり、ドノバンの都合もついたので元御者四人と共に彼の畑へ来ていたんだ。

いざ、種を撒いてみようってところで村民の青年が息を切らせて駆けてきた。

「た、大変です！」

「ま、まずは落ち着いて」

水袋を青年に手渡す。迷うそぶりを見せた彼だったが、「さあ」と促すとよほど喉が渇いていたのだろう、ゴクゴクと一気に水を飲み干す。

息が整った彼は胸に手を当ててふうと大きく息を吐き喋り始める。

「村長がイドラ様にまずお知らせせよ、とのことで」

「村長が？」

「はい、ヌエラを見たという者がいます。それも十匹ほども」

「ヌエラ？」

聞いたことのない動物だな、モンスターなのかも？

要領を得ない俺に青年が説明をしてくれた。

ヌエラは頭が鹿で胴体の前半分が牛、後ろ半分は馬に似るという変わった動物らしい。

動物とモンスターの区分けは曖昧で、危険のないものは動物にカテゴライズされることもある。動物に見た目が似ていて、危険じゃないものなら動物になることが多い印象だ。

危険がないものを何もかも動物と呼ぶわけでもない。上半身が人型で下半身がタコのスキュラはモンスターに区分けされ、上半身が人型で下半身が蜘蛛のアラクネーは妖精に分類されている。これもジャノに聞いた話だけど、モンスターに区分けされているスキュラは積極的に人を襲うわけではないらしい。もう一方のアラクネーもまた人を襲うことがある。

どちらも自らの巣や縄張りに侵入されると問答無用で排除しようと襲い掛かってくるんだ。人に限らず、ね。

スキュラの縄張りが水中で範囲が広く、洋上から確認できないので出会ったら即戦闘になり、アラクネーは巣の周囲に白い糸が張り巡らされていて見ればすぐ分かる。

こういった理由からスキュラはモンスターになって、アラクネーは妖精になっているんだってさ。

「ヌエラのことは分かった。かなり草食によった雑食なんだよな？」

「その通りです」

「だったら、特に警戒することもないんじゃ？　村には作物が実っているわけでもないし」

「作物があれば食害されることもあるかもしれません。ですがそこではないんです」

はて、まるで想像がつかない。

ん、一つ思いついたぞ。アフリカのサバンナを想像してみて欲しい。

ガゼルやシマウマの群れが水を飲みに集まっている。そこへ腹をすかしたライオンたちが……。

「ヌエラを好物にしている猛獣かモンスターがいる？」

「はい、そうです。厄介なモンスターです。これまで何人もの村人の命が失われました」

「村でとってきた対応策はあるのかな？」

「ヌエラを追い払えばよい、と聞いてます」

「聞いてます……ってことはヌエラが集まってきたのは久しぶりなのかな？」

「俺が子供の頃に一度あったきりです。あの頃はまだ作物を育てようと熟練の農家の人が村を訪れ挑戦していた時期だったんです」

その時の農業がどうなったのかは聞かなくても分かる。

ヌエラは村の作物を狙って出現する……のかもしれない。この村にはまだ作物はないはずだけど……あ、思い当たることはある。

ま、まあ、これから豊作の村にするつもりだから余裕がある今、ヌエラが出現したことは幸いだった。

「ヌエラを襲うモンスターについて教えてもらえる？」

「イ、イドラ様、まさかモンスターを見たい、とかじゃないですよね」

「あ、あー。どんなモンスターなのかなあって」

「グリフォンです。空から急襲してくる……と聞いてます。村長がおっしゃってました」

「グリフォン……それほど危険度の高いモンスターなんだよな？」

「騎士様が数人がかりで追い払うことができるということです。村人が襲われたら一たまりもありませんよ！」

「討伐しようにも危なくなったら空を飛んで逃げて、回復したら復讐心をもってしつこく襲ってきそう」

う、うーん。

グリフォンか。それなら俺も知っているぞ。結構有名なモンスターでコドラムの脳筋五人いれば追い払うことができると聞いている。

狩るには大規模なものになり、そらもう彼ら嬉しそうにお祭り騒ぎをしていたぞ。

グリフォンが出た、狩るぞ、狩るぞってな。

ほんとあいつらの思考には……いや、今はそんなことを思い出している場合じゃないな。

グリフォンはライオンの胴体に鷹の頭と翼、かぎ爪を持つモンスターだ。馬より大きくて空も飛ぶ。

大型だから飛翔速度が遅いのかというとそうではなく、目にも留まらぬほどのスピードで空をかけ急降下し、かぎ爪で襲い掛かってくる。

騎士二人がかりで大盾を構えて、盾の隙間から槍で攻撃する、とか言ってたな。

「だいたい状況が分かったよ。ありがとう。それで村長はまず俺に知らせてからって言ってたんだよな？　何か言伝はあった？」

「イドラ様に判断をお任せします、とのことでした」

「ヌエラを追い払って欲しい、と言えばすぐ動けるのかな？」

「はい、既に準備をしています」

「ヌエラを追い立てて欲しい。見晴らしがよく、村からそれほど離れていない場所がよい。そういった場所はあるかな？」

「ございます。丘がありますのでそこなら見晴らしもよく、周囲に木々もないです」

「そこにヌエラを誘導してもらえるかな」

「分かりました！」

村からヌエラを離す、だけと彼は思っているのだろう。きっと。

離すことは離すが、彼と俺の目的は異なる。

彼らを危険に晒すつもりはサラサラないので安心して欲しい。

しかし俺の考えに気がついてしまった人がいた。俺と長い付き合いのある犬耳の彼女だ。

この場にジャノがいたら、彼も同じく気がついていただろうな。

さあ、状況開始だ、と青年に告げようとしたところで彼女の声が遮った。

「イドラさま、まさか」

「いやいや、そんなことはないって。見学だよ、見学」

昨日一日時間があったからねえ、色々準備もできたんだよね。ふふ。

「さあ行こう。ヌエラを追い立てに」

「はい！」

青年と並んで歩き始める。グリフォンよ、待っていろよぉ。

やって参りました村外れの丘に。

ヌエラたちは丘の上で草を食(は)んでいる。青年たち、村の若い衆は仕事が終わったとばかりに撤収の準備を始めていた。

先に行っておいて、と彼らに言うと「危ないです」と彼らも残ると言い始めてしまう。

俺一人ならともかく他の人が怪我をしたら後味が悪過ぎる。

あ、そうか。ここで種の強化をすればいいのか。大きさをいじればいけるはず。

「もう少し前に出よう。対策もあるから」

「あまり前に出ると危険です」

まあまあ、と両手を前に出しながらヌエラたちの方へ体を向ける。

彼らとの距離十五メートルくらいのところで止まり、その場にしゃがみ込む。種を地面に埋め水袋から水をちょろりと出し地面に垂らす。

すると芽が出てみるみるうちに成長し始めた。

「みんな、ここに集まって」

木の枝が複雑に絡み合い、俺たちを囲う。

「お、おおおお！」

「すげぇえ！」

木の枝の囲みに驚きの声があがる。木の囲みは俺たちを中心にドーム状になっていて、うまい具合に葉が開いている箇所から外を見ることもできるのだ。

元々俺一人用のサイズだったのだけど、先ほど強化して大きくした。

こいつは樫（かし）の木を進化させ、強化した特別性の囲いである。使ったのはこれで二度目なのだけどね。

実戦はこれが初だ。まあ、グリフォンの一撃でも一発くらいは耐えることができるんじゃないかな？　多分、きっと。

「これでグリフォンが襲い掛かってきても平気ですね！」

「あ、あ、うん」

グリフォンの体当たりに対してはまず大丈夫だ。これは自信をもって言える。

爪は……枝が切り裂かれてしまうが、そこは急激な成長速度ですぐに穴を塞ぐことができるはず。

一発くらいは、で想像したものはブレスだ。

グリフォンが炎のブレスを吐き出したかどうか記憶が曖昧なのが悔やまれる。

ま、まあ、枯れ木じゃないし。炎一発で灰になることはないだろ。は、ははは。

攻撃されなきゃいいだけだ。

「イドラ様、ばんざーい」

「新たな領主様は神の子とお聞きしました！」

「おおおお！　確かに！」

な、何やら元御者たちのように村の若い衆が盛り上がっている。

いや、君たちさ。さっきまで危ないからとか言ってたよね。

こんなに叫ぶと……あ、やっぱり。

空にある米粒のような黒い点がどんどん大きくなってくる。

俺にとっては叫んでくれた方が好都合だった。まだこの距離だとあの黒い点がグリフォンなのかは判別がつかない。

グリフォンじゃなくとも、声を聞いて反応するような相手だから獰猛な肉食系のモンスターか何かなのだろう。

何が来たとしても悪くない。今後、襲い掛かってくるかもしれないモンスターの一種なわけだから。

いや、積極的に狩ろうなんてつもりはないんだ。勘違いしないでよね。

考えてみてくれよ。獰猛なモンスターが来襲する時ってこちらは身構えておらず、奇襲を受けるだろ。

今回は違う。待ち構えて撃退するのだ。

言いたいことがよく分からなくなってきた。要はある種の試金石になると思っている。

待ち構えて対応できないのなら、奇襲にも対応できるわけがない。聞くところによるとグリフォンは村にとって脅威度が最高クラスに位置づけられている。

ここでグリフォンに対することができるなら、万が一奇襲された時にも被害を食い止めることができるんじゃないかってね。

ん？　待ち構えて対応できない場合はどうするのかって？

逃げるだけなら色んな手があるから心配することはないとだけ言っておこう。

盛り上がって夢中になっている彼らを後目にするすると囲いから出る。

「グギャアアアアア」

　近寄ってきていた黒い点はライオンの胴体に鷹の頭と翼、かぎ爪を持つモンスター……グリフォンだ。

　物凄い雄たけびをあげて急降下してくる。

　対する種を下に落とし、水を注ぐという地味過ぎる動作で待ち構える。

　奴の狙う先はヌエラではなく俺のようだな。ヌエラたちの護衛だとでも判断されたのだろうか？

　俺、武器さえ構えてないのだけど、まあいい。

　既に準備はできている。

　迫りくるグリフォンの前に緑の壁が立ちふさがった。緑の壁など何のそのとグリフォンが鋭いかぎ爪を振るう。

　スパンと緑の壁が切り裂かれるも、もはや遅い。

　緑の壁は蔦が絡まり、壁となったものだった。蔦は壁を構成しているものだけではなく、壁の後ろからシュルシュルと幾本もの蔦が伸びグリフォンに絡みつく。

「グ、グガア」

　ドオンと地面が揺れた。

　翼をはためかせることができなくなり、グリフォンが地面に落ちたからだ。

これだけではグリフォンを倒すことは叶わない。いずれ蔦から抜け出し、逆襲してくることだろう。

「そこで、第二の種だ」

どちらもクルプケが村に到着してから採ってきてくれたあの赤色で細長い種を強化したもの。そう、ツリーピングバインの種だ。一つ目の種は蔦の柔軟性と数を極限まで強化した。第二は違う方向性である。とくとご覧あれ。

種をグリフォンの近くに投げる。

綺麗な弧を描き、種がグリフォンの首の下辺りに落ちた。

「発動！」

種に魔力を送り込む。

魔力に反応し水を与えずとも芽吹き、先ほどより二回りほど太い蔦がシュルシュルと伸びあがる。

蔦はたった五本しかなく、先ほどの蔦より短いがグリフォンの体に巻きつく。

ゴキゴキゴキと鈍い音がして、グリフォンの体中の骨が折れ、びくびくと体が跳ね動かなくなった。

「討伐完了。おおーい、撤収するぞお」

呼びかけると蔦の囲いから村の若い衆が出てくる。

倒れたグリフォンを見て、固まった後、お互いに顔を見合わせ、グリフォンに目がいって、今度は俺に視線が集中した。

「グ、グリフォンを討伐したのですか！」

「この伝説は後世まで語り継がねば」

「イドラ様ー！」

「感想は後だ。先に撤収しよう」

そんなこんなで、特に苦もなくグリフォンを討伐し帰路につく。

グリフォンの遺骸も村の若い衆が持ってくれた。遺骸をそのまま置いておくと別の何かを引き寄せる可能性もある。

爪や牙など加工して道具にできる素材は使い、残りは燃やしてしまうとするか。


村に戻ると騒ぎになっていた。ツリーハウスの時より集まった人が多い。

ツリーハウスの時は特に村人を集めて、ってわけじゃなかったから……いや、今回なんて誰にも声をかけてないぞ。

村の若い衆たちがヌエラを追い立てたってことは、村中で危機が共有されていたのかもしれない。

ヌエラとグリフォンの災禍はこの村の人たちなら子供時代に皆聞かされてそうだし。

ヌエラを無事追い払い、戻ってヌエラを追い払って戻ってくるであろう若い衆を迎えるべく集まっていた人たちは、思いもよらぬグリフォンの遺骸にどよめく。

そして、またたく間に沢山の人が集まり、今に至る。

こう、注目されるのも気恥ずかしいもので、爪や牙など使えそうな素材は取り、あとは残りを処分するだけとなった。

この頃になってようやく人の姿がなくなり、若い衆もずっと動きっぱなしで疲れているだろうからと休んでもらうことにした。

「ふう。あとはドノバンにでも頼んで残りを灰にしてから埋めるか」

土葬でもよいかと思ったのだが、ちょいと怖くてね。

なんかほら、うん、ほらさ、ファンタジーな世界じゃない、この世界。

となると、アンデッドって連中もいるわけだよ。死体が生きる屍(しかばね)となって地面が盛り上がり、外に出てきて、なんてこともないとは言い切れない。

アンデッドが生まれる仕組みは知らないけど、灰にしてしまえば動き出すこともないだろうと思ってさ。

「んじゃ……あ、運ぶところまで手伝ってもらえばよかった」

時すでに遅し、この場には俺しかいないではないか。

チクチク。

ふくらはぎに何かが触れたことに気がつき、下を見る。

すると、ミニドラゴンが口をパカンと開きぼーっと俺を見上げていた。

「クレイ、ゴー、スル」

「どこかに行くの？」

お散歩なら後にしてくれないか。こいつを処分したらいくらでもつきあってやるから。

ところがどっこい、ミニドラゴンのクレイはちょいちょいとちっちゃなお手手でグリフォンを指すではないか。

「ゴー、コレ、ゴー」

「グリフォンがどうしたの？　食べたい？」

まさかの肉食⁉

リンゴの木に住んでるのかと思うくらい、枝の上にいたってのに。

ま、まあ食べてもいいけど。それなら骨だけになって軽くなるぜ。

ところがどっこい、何度目だよこれ。

ミニドラゴンはブンブンと首を左右に振る。

「ウマウマ、チガウ」

「ゴーって一体……」

「イドラ、ゴー、シテホシイ」

「あ、え、うん。運ぼうと思ってたよ」

「ゴー、スル」

ミニサイズとは言え、ドラゴンはドラゴンなので力持ちなのか？

ところがどっこい、二転三転し過ぎだろ……。

クレイは口をパカンと開け、大きく息を吸い込んだ。

ゴオオオオオオ。

彼の口からオレンジ色の炎が吐き出され、グリフォンの遺体を包み込む。

あっという間にグリフォンが骨も残さず灰と化した。

「や、やべえ……」

「ゴー、シタ。イドラ、ウレシイ？」

「あ、ああ。助かったよ」

「ウマウマ、ホシイ」

「あ、ああ。食べていいよ」

「ウマウマ」

用は終わったとばかりにミニドラゴンは小さな翼をパタパタさせて飛んでいく。

「ふう……正直、めっちゃビビった……」

ビックリしたのではなくビビった。

あの炎のブレス、やばい、やばいって。

少しでもアレに触れていたら蒸発していたぞ。

「ま、まあ……処分完了したってことで」

灰が舞うと目にくるので、穴を掘って埋めておいた。

何故かスコップが腰のポーチに入っていて、そいつを使ったのだ。

思い出した。スコップを持ち運んでいたのは、種を植えるためか。手で十分事足りたので使わなかったんだよね。

「さて、帰るとするか」

パンパンと手を払い帰路につく。

帰るとシャーリーが物凄い勢いで走ってきて、「無事で何よりです」と目を潤ませていた。

相当彼女を心配させてしまったようだ。「大丈夫だ。問題ない」を繰り返す回数が足らなかったのだろう、きっと。

次回同じようなことがある時は十回くらい繰り返してみることにしよう。

そう心の中に刻み込む俺であった。

「ふあああ」

あれから二日が経過し、朝が来る。

寝ぼけ眼をこすり、ぼーっとしながらも伸びをする。

今日も誰か訪ねてくるかもしれない、早めに朝食を済ませておかなくっちゃな。

というのは、ツリーハウスに続きグリフォンを討伐したことで、村の人たちとても協力的になったんだよね。

彼らから「何かお手伝いすることはありますか」とわざわざ宿舎を訪ねてくるほどなのでちょっと怖いくらいだ。

「イドラさまー。朝食ができましたー」

「ありがとうー」

シャーリーは朝から元気いっぱいだな。彼女は俺たちの中で一番早く起きてきて、朝食を作ってくれる。

ほんと頭があがらないよ。

彼女が料理を作ってくれているのだが、生憎まだまだ食材が足りない。持ってきた食材とリンゴと梨の木だけだから、彼女の料理の腕がいくらよくても作ることのできるものが限られ過ぎている。それでも料理をしてくれるからまだ食べることができるくらいになるのだ。

自室から食堂に移動すると、先に座っていたジャノの対面に腰かけ、さっそく用意してくれた紅茶に口を付ける。

「畑の様子はどうなんだい？」

「昨日、ドノバンさんのところの畑に種を撒いてみた。他にも御者たちだけじゃなく、村人も畑作りに精を出してくれてるんだよ」

「それは見たよ。ツリーハウス作戦にグリフォン討伐が功を奏したね」

「俺もまさか、ここまで村人が協力的になるなんて驚いたよ」

「君の種の力を見ればいずれ今のようになるだろうけど、早いに越したことはないだろ？」

当然だとばかりにため息をつかれても反応に困る。

オートミールにリンゴをすり潰したものを混ぜ、もしゃもしゃと口に運ぶ。牛乳があればもっと美味しく食べることができるのだが、ないものねだりはできない。

牛乳を領都から輸送してたら、その間に腐ってしまう。冷蔵保存の技術が発展すれば乳牛が近くにいなくとも手軽に牛乳を飲むことができるのだが、家電製品の発展は望めない。

いや、百年後にはひょっとしたら手軽に使うことができる保冷庫ができているかもしれないけど、今求めても該当する製品はないのだ。

「やっぱりちょっと硬い」

「君の種の力で牛乳を作り出せないのかい？」

「無理だろ……ジャノの魔法で牛乳を保存できたりしないの？」

「できなくはないと思うけど、手間の方が遥かにかかるさ」

へ、へえ。できるんだ。俺のじとっとした目線に気がついた彼が大袈裟に肩を竦める。

「君の【種の図書館】は、種を強化したり進化させる時だけに魔力を使うで合っているかい？」

「合ってるよ。種を作る時に魔力を消費する」

「魔法は発動させると魔力を消費する」

「ま、まあそうだよな。魔法って言うんだし」

何を当たり前のことを言っているんだ？　話が繋がらないんだけど……。

回りくどい言い方をされても牛乳を保存することと魔法の関係性が分からない。

「おや、まだ分からないかい？」

「ファイアと唱えたら火球が出るんだろ」

「呪文はそう単純じゃあないけど、捉え方は間違っていない。何らかの儀式を行い、魔法を発動させる」

「うんうん、発動させる時に魔力をゴソッと持っていかれるんだよな？」

「そう。発動させる時に魔力を消費するんだ。ここで問題です」

「あ、うん」

い、一体何なんだよもう。

「ファイアと唱えて炎が出る。その時魔力を消費する。では、炎を燃やし続けるにはどうしたらいいんだい？」

「え、えっと燃料をくべなきゃならんよな」

「魔法の燃料は魔力じゃないか。つまり、燃やし続けるには『発動』し続けなきゃいけない。

はい、分かりましたね」

「分かった……そいつは辛いな」

牛乳があります。魔法で冷やします。すぐに牛乳が温かくなってしまいますよね。

そこで魔法で冷たさを維持する必要があります。

なら、冷たい魔法を発動させ続けることになりましたとさ。

うん、しんどい、しんど過ぎる。

種の強化を延々と繰り返しながら領都からエルドーシュの村まで移動するとか無理だ。倒れてしまいます。

彼との話にオチがついたところで、ちょうど食べ終わった。

「イドラさま、お客様が見えております！」

「図ったようにやってきたな」

食器を洗うくらいはやりたかったのだけど、シャーリーに促され後ろ髪を引かれつつも客人に会いにいく。

客人といっても村人の誰かだ。

「おはようございます！」

「おはよう」

大変元気がよろしい。耳がキンキンする。

声を張り上げ挨拶をしてきたのは、一緒にグリフォン討伐へ行った若い衆の一人トールだった。

彼は長い髪を後ろで縛り、細い目をした青年だ。

若い衆の中では気のよい兄貴分って感じだった。

「青年団、全員集まっています」

「青年団……グリフォンの時の？」

「はい！　狩に向かうグループの中で一番年少の一団です」

「となると力自慢も多そうだ」

「体力勝負はお任せを！」

「頼りにしているよ」

「畑作るんですよね。ドノバンさんが錆(さ)びたクワを研いでくれました」

かつては畑仕事をしていたから道具は残っていたのかな？

馬車に農具を積んできたものの、一セットしかない。村で用意してくれなきゃ、俺には準備ができないのでとても助かるよ。

村に向かう前に農具のことを考えていなかったのかって？

考えるわけないいって……どこの村でも農業をやっているんだもの。まさか農具がまるでない
なんて事態は想定していない。

枯れた大地だの言っていても少しは農業をしていると思ったんだよね。それが、ドノバン以
外に畑を耕す人がいなかったなんて。

「よっし、それじゃあ現地に向かおう」

「全員現地に集合しています！」

気分は開拓団の団長である。

目をつけたのは元々畑だった場所で整備にそれほど手間はかからないと見ているんだ。


現場に到着。

青年団のみんなはクワを片手に今か今かと俺を待っていてくれた。

「イドラ様、お待ちしておりました！」

「過去に畑を作ってどうなったかは聞いているよ。ドノバンさんの畑の惨状も。それでも、今
一度畑を作ることに同意してくれてありがとう」

「イドラ様の奇跡の力ならば、枯れ木に花も咲くことでしょう。畑だとて！」

「あ、いや。よおっし、やるぞお」

「えいえいおー」

信頼してついてきてくれるのは嬉しいが、妄信にならないように促さなきゃな。

今のところはまだ彼らが彼らなりに考えてついてきてくれてると思う。

青年団はグリフォンを一緒に討伐したからというのもあるが、若いメンバーが揃っているので新しいことにチャレンジすることに対し積極的だ。

そういう背景もあって『新しい風』である俺に夢を見た。

こいつに賭けてみようってね。

一方で領主である俺の立場を尊重する村長はともかくとして、村の中堅年齢層は様子見をしている。

表立って反対はしないが、積極的に賛成もしない。

村はこれまで補給頼みで生活を維持してきた。もしここで自分たちも新しいことにチャレンジしていって今までやっていたことをおざなりにしたら……と考えたのだろう。

成功すればいい。しかし失敗した場合、生活が立ち行かなくなる。これまで通り狩に出て村の生活を維持したいと判断しているのだと思う。

こういったことから皆が皆、自分の考えがあって動いているとみている。

この辺りの塩梅(あんばい)って難しくて、信頼は大事だけど行き過ぎないように注意していなきゃならない。

心の中で兜の緒を締めつつ、青年団と一緒になって土を掘り返す。

「ふう、ふう。みんな元気だな」

一番先にバテたのは俺だった。さすが狩に精を出している集団だけある。

クワを振り続けているというのにまだ疲れた様子がない。

こっちは汗だくでそろそろ水分補給をしなきゃ、ってところだ。

脱水になったら倒れてしまう。彼らにも疲れがあろうがなかろうが水分補給をしてもらわなきゃ。

「みんな、一旦水を飲んでおこう」

「分かりました！」

「あ……」

「どうされました？」

座って水を飲んでいたら思い出した。

畑に水を撒くには水源が必要だ。

近くに井戸はない。

「村の近くに小川ってあるかな？」

「あります。村から一時間近く歩いたところにあります」

「ちょっと遠いね」

「村人はよくその川まで行きますよ。水浴びをしたり、魚を獲ったり」

小川も少し遠いか。今後の水やりを考えると手っ取り早いのはこの場で井戸を作ることか。

ちゃんと持ってきているぞ。井戸用の種を。

「先に井戸に近いものを作るよ」

畑の真ん中に作ると邪魔かな？

ん、待てよ。その方が都合がいいかもしれない。少し種の特性を変更すれば……。

目を瞑り心の中で念じる。

『開け、【種の図書館】』

用意した種に触れ、パラメータをいじった。

さっそく畑のど真ん中に種を植え、水袋からちょろちょろと水を垂らす。

すると何ということでしょう。

芽吹いたかと思うとグングン太い茎に成長し、地面が揺れる。

「な、何事ですか！」

「地下深くまで根が伸び、中が空洞になった茎のようなものと繋がっている構造になっているんだ」

おおおおと、植物の成長する姿に歓声をあげていた青年団は、地面の揺れに動揺を隠せない様子。

安心させるように説明すると、一応納得してくれたらしく落ち着きを取り戻す。

話をしている間にも茎は伸び、見上げるほどの高さにまで成長した。

茎は最上部から放射状になっていて先はぶつんと切れたようになっている。

「あ……しまった」

声をあげるも、もう遅い。

プシャアアア。

水の流れる音がして、放射状になった茎の先から勢いよく霧状になった水が吹き出した。

「お、おおおおお」

「素晴らしい！　イドラ様！」

「あ、あはは」

褒めたたえてくれたけど、曖昧に笑い返事をする。

これぞ『種の図書館版スプリンクラー』なのだが、種を植えるタイミングを誤った。

本物のスプリンクラーと違って任意のタイミングで放水できるわけではないのだ。【種の図書館】の力で一日の放水の回数は調整できるが、最初に通水のため放水するのを忘れていた。

自分で調整したってのに何たること……。

種の図書館版スプリンクラーは朝と昼に放水を行う。

クワを振るっている間に水を被ると作業がやり辛くなってしまうんじゃないか、ってことが抜けていた。

怪我の功名というかなんというか、土が湿っていた方が作業がやり易く、捗ったのでよかったのだけど……。

「みんな、ありがとう！」

「さっそく種を植えられるのですか？」

「そうしよう」

日が暮れる前に作業を終え、手分けして種を撒いていく。

翌日に散水された時に芽が出るはずだ。

クタクタだけど、もう一作業しなきゃな。種の図書館版スプリンクラーをドノバンの畑にも設置してこの日を終える。

彼のところでも元御者たちの手伝いもあり、種撒きが終わっていた。

明日が楽しみで仕方ない。

翌朝――。
ワクワクして眠れなかったのかというとそうでもなく、ベッドで寝転んだら考える暇もなく寝てしまった。

昨日は一日中慣れない作業をしていたから思った以上に疲れていたらしい。

特に筋肉痛とかそういった症状はないけれどね。

朝食を終え、畑の様子を見に行くかと立ち上がった時、外から大きな声が俺を呼ぶ。

「イドラ！　畑が！」

「どうなっていたんですか？」

ドノバンが息を切らせてやって来たので、慌てて窓を開け彼に問いかける。

「儂のところに来てくれ」

「分かりました」

何かあったのか？　これまで植えた種はすべて無事成長していたから心配していなかったけど、今回植えた種は枯れた大地に阻まれたのだろうか？

畑に植えた種はすべて小麦にした。他も植えたかったけど、まずはってことで王国内で一番栽培されている小麦にしたんだ。

急かすドノバンの後ろを追い、彼の家まで到着する。

彼の畑は一面の緑となっていた。芽が出て茎が五センチほど伸びた状態かな。

一見したところ、ちゃんと育っているようでホッとした。

それでも彼からすると何か問題があるのだろうか？

「ドノバンさん、一体何が？」

「ここまで育ったのは初めてじゃ。お主の種の力、枯れた大地に花を咲かせる力だの！」

「育たないかもという懸念はありましたが、ホッとしてます」

「その顔、自信があったんじゃろ。木もこの不思議な水を出す茎も同じ植物じゃからのお。ただ、畑に植える作物は別なのかとも思っとった」

「そうですよね。畑の作物だけ育たない、って状況にも思えましたし」

うんうんとお互いに頷き合う。

「あ、イドラ様！　ここにいらしたんですね！」

「お、トール。向こうはどうかな？」

「ここと同じです！　枯れた大地で作物が育つなんて！」

「そっちも同じでよかったよ」

青年団の代表であるトールも顔をほころばせ、畑の成功を祝ってくれた。

昨日はドノバンじゃなく、彼が一番に宿舎へ訪ねてきてくれたんだったたっけ。

そんなこんなで、畑が全くなかった（正確には一つあったが）エルドーシュで農業が始まったのだった。

育つことが分かったので、どんどん畑を増やし収穫量を伸ばしていきたい。

閑話　補給部隊、エルドへ

補給部隊は不毛の大地を進む。エルドーシュへ向けて。

エルドーシュを含むエルド一帯は農作物がまるで育たない。広大な地域の中にたった一つだけあるエルドーシュも例外ではなかった。

税収も見込めないこの地域を治めたところで辺境伯領の収益に何ら益はない。益どころか大きくマイナスとなっている。

それでもこの地域を維持する価値はあると辺境伯及び貴族たちは考えていた。

辺境伯領はその名の通り、辺境を維持する務めを持っている。隣国との領土争いにおいて領域を持っているということは肝要なことなのだ。

「といっても、どこの領土にもなっていない地域の方が広い」

「へえ、そうなのですね」

エルドのことについて語った私の言葉に頷いてみせる商人は相変わらずのもみ手で笑顔を貼り付けている。彼ら商人が慇懃(いんぎん)な態度を崩さないのは私が騎士であるからだ。

貴族に属する者のうち武勇を認められた者が騎士となる。彼ら商人にとって騎士はよいお客様である。もみ手一つで武器を買ってくれれば安い物とでも考えているのだろう。

彼らと会話している間にも馬車は進む。こうして馬車の中で商人の相手をしているのもあと少しの間だ。

ガタガタガタ。

大きな音を立てて馬車が停車する。いよいよエルドーシュに到着した。

イドラ様はご壮健だろうか。

「ヒューイ。隊長が挨拶に向かっている間に準備を整えるぞ。商人たちにも手伝ってもらえ」

「承知いたしました」

髭を生やした中年の騎士が私の名を呼ぶ。彼はこの補給部隊の副隊長で、補給部隊は行軍訓練である、と言って憚らない。補給部隊に騎士が同行するのは行軍訓練を兼ねているから間違ってはいないが、一応名目上は食糧が自給できないエルドーシュ村への救援物資を届けることなのだから、建前だけでも整えて欲しいものだ。

準備にとりかかると別の若い騎士二人が愚痴を言い合っているのが聞こえてくる。

「イドラ様がエルド送りになったからか、えらく奮発したな」

「いつもより多く新鮮な肉を運んだからな。おかげで馬車の数が増えた」

「更に村での泊まりもなしときたものだ。全く……イドラ様には困ったものだ。ご長男のグレイグ様が精鋭部隊に誘ってくださったというのに」

「仕方あるまい。イドラ様は……だからな」

イドラ様に対するあまりの言いように拳が出そうになった自分をなんとか抑え込む。

分かっていたことだが、騎士団の中でのイドラ様の評判はすこぶる悪い。

辺境伯領では武芸こそ貴ばれる。辺境伯領の頂点に君臨する血族の方々も例外なく自己鍛錬を怠らず、武勇に長けていた。イドラ様という例外を除いて。

しかし、イドラ様の世話役をしていた私は知っている。彼が十五歳になるその日までに見せた剣の冴えを。

長男のグレイグ様が十五歳の時と比べても遜色のないほどだった。

かのお方は鍛錬を諦めざるを得なかったのだ。パオラ様の看病のために。

それなのに、あの言いよう。

分かっている。分かっているのだヒューイ。心の中で自分の名を呼び、心を落ち着かせるよう努める。

「辺境伯様が直接指示を出されたのだ。準備を進めよう」

私にはそう言って彼らのお喋りを止めるのがせいぜいだった。

くれぐれも裏方で、と辺境伯様から受けた密命のため、表立って異議を唱えることができぬのが口惜しい。辺境伯様はイドラ様に好意的な数少ない騎士である私にだからこそ、と命を出されたのだ。彼の期待を裏切るわけにはいかない。イドラ様にもお会いせず村の様子を報告することに努めねば……。私にも辺境伯様の命は理解できる。

下手に私が騒ぎ立てれば、イドラ様の立場が今より悪くなりかねない。辺境伯様がイドラ様だけをひいきしている、など嘘の噂を流す輩もいるのだから。

そんなイドラ様に対する失礼極まる態度はエルドーシュに入ると一変する。

畑、畑、畑、更には牧場まであった！

どの畑も実り豊かで収穫期を迎えている。

それだけではない！

補給物資を格納するためにあった倉庫には溢れんばかりの作物が積み上げられていたのだ。

遊び疲れて軒下に座り談笑している子供たちの手には赤い果実があり、幸せそうな顔で瑞々しいその果実をかじっていた。

なんということだ。一体何が起こったのだろう？

「本当にここはエルドーシュなのか？　行き先を間違ったのでは……？」

開いた口が塞がらないといった様子の若い騎士が目を白黒させ一人呟く。

「エルドーシュですよ。つい先日までドワーフの旦那の畑しかなかったエルドーシュで間違いありませんよ」

騎士の独り言に対し、村の青年がにこやかに口を挟む。

「一体何が……？」

首を振り茫然と騎士が彼に尋ねる。

すると、村の青年だけでなく子供たちまで一緒になり口を揃えた。

「イドラ様です！　イドラ様が種の力で村を豊かにしてくれたんです！」

更に青年が続ける。

「辺境伯様・騎士様。本当に本当にありがとうございます！　イドラ様のようなお方を遣わしてくださって」

どの村人もイドラ様、イドラ様と彼に感謝の言葉を述べた。

彼をよく思っていなかった騎士たちも村の様子に、「素晴らしいお方だ」と手の平を返す。

これが、イドラ様のお力か。

私もまた体を震わせ、イドラ様の偉業に感激した。

辺境伯様との約束通り、黙々と搬入作業を手伝い、イドラ様とはお会いせず帰路につく。

領都コドラムに帰還すると、真っ先に辺境伯様の元へ向かった。
辺境伯様も私を待ちわびていたようで、すぐに謁見の間ではなく、彼の自室へ通される。
「――という様子でした。イドラ様はやはり素晴らしいお方でした。その所業、まさに神の御業でした！」

熱っぽく語る私に対し、辺境伯様は少しばかり口元を緩ませるくらいで驚いた様子はなかった。

「イドラならば枯れ木に花を咲かせても驚かぬ。思ったよりは早かったが」

「辺境伯様はイドラ様のお力をご存知だったのですね！」

私の言葉に辺境伯様はかぶりを振る。

「イドラのスキルについては深くは知らぬ」

辺境伯様は「ここから先は他言しないように」と前置きしてから言葉を続けた。

「パオラの病のことは知っておるな？」

「存じ上げております」

「王都の宮廷魔法使いや高位の聖職者にもパオラを診てもらったのだ。彼らは何と言ったと思う？」

「想像もつきません」

すると、彼は指を一本立て眉根を寄せた。

「一年だ。パオラは一年しか持たぬと言いおった」

「パオラ様は長く闘病生活を続けておられたのでは……」

「そうだ。イドラが薬草を煎じて、研究に研究を重ねてパオラの病を治そうと奮闘した結果だ。一年が七年となったのだ。これがどれほどのことか分かるか？」

「に、俄かには信じられません。どれほどの偉業かは理解できます」

辺境伯様がエルドーシュの様子を聞いても驚かなかったのは、パオラ様の看病のことがあったからだったのか。

他言せぬように、と辺境伯様はおっしゃっていた。

イドラ様の看病がどれほどの偉業だったのか、辺境伯様の胸の内にとどめ、イドラ様もまたご自分の成したことを公言することがなかったのだ。

もし、彼の偉業が喧伝されていれば、貴族や騎士の間での彼の評価は一変したことだろうに。

それもまた、イドラ様らしい。

辺境伯様もイドラ様の意を汲み公言をしなかった。

何と深き親子の絆か。

私の目からは涙が止まらなくなっていた。

第三章　ハーピーと竜の巫女

あれから一ヶ月が経った。ドノバンと青年団に手伝ってもらって作った畑は三日後に収穫できるまで成長したんだ。

リンゴの木や梨の木はものの数分で果実を収穫できるまでになったのに、小麦は三日かかるのが不思議だって？

俺もその辺りよく分かってないんだ。畑の作物は成長速度をマックスまで強化していたのだけど、収穫まで三日かかった。

畑を作らずそのまま小麦の種を植えても成長しそうだと思うじゃないか。だけど、そこも畑にしなきゃ種を植えても芽吹かないんだよね。

この辺りの謎を解明できる日は少なくとも俺が生きている間には来ないだろうな。

理由は簡単で【種の図書館】のスキルを持っているのが、俺の知る限り俺だけだから。俺は研究をするつもりはないし、知らずとも実際に種を植えれば分かるので困っていない。

俺だけしか使えず応用の利かない技術を後世に伝えても何の益にもならないよね。伝えるとしたら【種の図書館】ってスキルが存在したことだけ残せばいい。

どんなスキルだったのか、どんなことができたのかだけ分かれば十分だろ。

畑の成功を見たことで他の村人も狩の手を止め畑作りに精を出してくれた。僅か一ヶ月で一年分の補給物資に相当する小麦の量を収穫できている。

更に小麦だけじゃなく、大麦、ライムギ、大豆、ジャガイモを栽培した。

まだある。クルプケが拾ってきた種の中にサツマイモに進化できるものがあったのでこれも栽培し収穫した。

すぐ成長し収穫できるのはよいが、収穫した後の作物を処分するのも中々大変なのだよね。

最速で畑を回転させるなら、種撒きから収穫までに三日。その後畑を整備するのに一日を要する計算になる。

畑の作業に慣れてきたので、村人たちは狩と採集と畑作業を交互にやる生活にシフトする予定だ。

肉も食べなきゃいけないものな。

そういえば、一昨日に領都コドラムから補給部隊がやってきて、村の変わりようにとんでもなく驚いていたよなあ。

次回から補給物資に食糧を入れなくていいことを彼らに伝え、その代わりに道具類を支援してもらえるなら支援して欲しいとお願いした。

彼らに直接お願いするだけじゃなく、父への手紙も添えて。

父は訓練に明け暮れなかった俺を特に嫌っておらず、むしろ母への献身的な看病に対し俺に何かしてやりたいと思っているくらいだ。

これくらいのお願いならきっと聞いてくれる。ちゃんと父の元に手紙が届けば、だけどね。

脳筋貴族たちなので邪魔される可能性は非常に低いが、ないとも言い切れない。正妻様とか次男のぼんくらとかがね。

そうそう、補給物資に関して嬉しい誤算が一つあった。

先ほど俺が食糧は必要ないと言っただろ。食糧は、だ。補給物資の中に牛、羊、ヤギ、鶏が含まれていたんだよね。

狩に出ているとはいえ、狩だと供給が不安定なので肉を持ってきてくれたとのことだった。

俺の感覚では肉と言われて生きている現物が来るとは思わないさ。冷蔵保存技術がないからこうなるのだけど、生きている家畜を持ってくるとなるとそれだけで大きな荷物になってしまう。

宿舎が広かった理由が分かった。

家畜は潰さずに牧場を作って飼うことにしたんだ。

今日は牧場を作ろうと思って、村外れの広場に来ている。


「種を撒きました！」

「こちらも終わりました！」

汗を手ぬぐいでぬぐいながらシャーリーが元気よく手を振った。

彼女と入れ替わるように青年団のリーダーであるトールも両手を上にあげる。

彼女らに植えてもらっている種は牧草だ。俺は俺で別の種を牧場予定地の周囲に植えている。

「よっし、じゃあ、仕上げといきますかね」

俺が予め植えた方の種に水をかけていく。

芽が出て茶色い蔦になり、蔦が絡まって壁のようになった。

壁は格子状になっており、外からも中からも向こう側が見えるようになっている。壁の高さは一メートルくらいかな。そう、家畜が逃げ出さないための柵だ。

「体重を乗せても平気かどうか確かめてもらえるかな？」

「いつもながら、凄まじいお力です！」

「う、うんしょ」

感動で肩を震わせるトールに対し、シャーリーは慣れたものでさっそく蔦の壁に両手を置きよじ登り体を蔦の壁の上に乗せている。

見たところびくともしなさそうだ。俺も思いっきり体当たりしてみたけど、柔らかなクッションのような感触がして跳ね飛ばされた。

これなら大丈夫そうかな。

「トール、ドノバンさんに扉を付けてもらえるよう頼んでくれるかな？」

「お任せください！」

トールに動いてもらって俺は休むというわけではない。

シャーリーは朝から家事もしてもらっているので、少し休憩してもらうとするか。

「シャーリー、家畜の様子を見てくるよ。移動できそうならここに移動する」

「わ、私もご一緒します」

「トールと入れ違いになるかもだから、ここで待っていてくれると嬉しい」

「確かに、ではお茶の用意をしておきます」

家畜は馬車に積んだまま、餌だけを与えている。

窮屈ですまないが、そのまま外で放し飼いにするとモンスターを呼び寄せかねないからさ。

柵があればモンスターも簡単に侵入してこれなくなるし、安全度が増す。この前のグリフォンのような空を飛ぶモンスターに対しては無力だけど、そこは別の対策が必要で今すぐにはちょっと難しいな。

夜の間は屋根付きの厩舎（きゅうしゃ）に入れる、とかも検討しなきゃならない。蔦の壁を少し改造して小屋のようにできれば対策にできそうだよな？

よっし、その線で検討しよう。

馬車を見に行ったが、俺じゃなく元御者に頼んだ方がよいと判断し、餌だけをあげて牧場に戻る。

俺の姿を見たシャーリーが犬耳をペタンとさせて全速力でこちらに駆けてきた。

「はあはあ……イドラさま、た、大変ですっ！」

「ど、どうしたんだ？　牧草が枯れてしまったとか？」

「と、とにかくこちらへ」

「う、うん」

俺の手を握り引っ張るシャーリー。彼女にしては珍しい行為だ。普段の彼女は自分から俺の手に触れたりなんてしない。

相当動揺しているんだな？　一体何があったんだろう。

「そ、空から人が落ちてきたんです」

「え……？」

「ですから、空から人が」

「人って空を飛べたっけ……」

「翼がある人でした」

「そんな人もいるか」

いるのか、いや、人という表現は人間以外も含む。

シャーリーのような犬耳もドノバンのようなドワーフも人と表現される。人間だけが人と呼ばれることはない。

空を飛ぶ種族ねえ。領都コドラムでは見たことがないな。王都に行けばいるのかも？

「そこの柵のところに寝かせています」

「シャーリーが運んでくれたの？」

「はい、とても軽い方だったので」

「空を飛ぶくらいだものな」

確かに柵のところに誰か寝かされている。下にお茶会用のシートが敷かれ、膝掛けがお腹のあたりに被せられていた。

どちらもシャーリーがやってくれたもので間違いない。

彼女の言う通り、確かにこの見た目なら人と表現される範疇（はんちゅう）に入る。人間との大きな違いは二つ。一つは手の甲から肩までにかけて生える翼だ。

もう一つは膝から下が鳥の足のようになっている。鶏の足とかに近い。足先は鋭いかぎ爪を備えていて、靴を履いていていない。

人間にすると十八歳前後の女性ってところか。

最も気になるのは肩口に血の痕があることだ。

「シャーリー、彼女は怪我をしていたのかな？」

「はい。背中側に切り傷があります。骨にヒビが入っているかもしれません」

「そいつはうつ伏せにした方がいい。薬を取ってくるからしばらく彼女のことを任せる」

「うつ伏せにして待っていればよいですか？」

「血が流れているようだったら水で……いや、そのまま様子を見ていて欲しい」

「分かりました。お待ちしています」

怪我して飛んでいられなくなり、降りてきたのだろうか。

いずれにしろ早く治療を開始するに越したことはない。

息を切らせながら元宿舎まで戻ると、こういう時に心強い友人の姿が目に映る。

「ジャノ！」

「イドラじゃないか。そんなに急いでどうしたんだい？」

はあはあと息があがる俺を見ても、彼はのんびりと足もとにいるミニドラゴンの口にリンゴを突っ込む。

このコンビ、意外や意外、結構相性がよくてさ。一緒にいることが多い。

なんてジャノに言うと即否定されそうだけどね。「必要だからだよ」って。

畑が大成功し大量の作物が備蓄できるようになった。しかし、収穫するだけじゃ不十分である。

収穫した作物をどこに保管するのか、収穫した後の畑にどうやって次の種を植えるか、などなど。

俺一人じゃとてもじゃないけど手が足りない。

そこで一肌脱いでくれたのがジャノだった。本の虫である彼の豊富な知識は既に文官として完成の域にある。

市政計画ならぬ村政計画を彼が立案し、村長もいたく感動して彼の施策を実行することになったんだ。

収穫した作物の保管場所をどこにするのか、どのように保管用の建物を作るのか、そして、保管している作物をどのように分配するのか、などなど。

彼の活躍はそれだけに留まらない。

グリフォンとミニドラゴンのクレイの出来事を覚えているかな？

「ゴー、スル」

そう、今ミニドラゴンが発言したゴーする、だ。

「ちょっと待っていて欲しいんだ。その間、もう一個リンゴを食べていてもらえるかい？」

「ウマウマ」

それにしてもジャノのやつ、手慣れていやがる。

ええと、なんだっけ。

そうそう、ミニドラゴンのクレイが炎のブレスで一瞬にしてグリフォンの死体を灰にしただろ。

あまりの出来事に頭が真っ白になったっけ。さっそくクレイの炎のブレスのことを彼に聞かせたんだよね。

マジヤベエ、みたいな返答がかえってくることを期待していたら、ジャノはまるで違う反応を見せた。

彼はこう言ったのだ「収穫した後の穂や茎を集めてクレイのブレスで灰にすれば捨てる場所に困ることもない」とね。

天才かと思ったよ。今では収穫した後の処理だけじゃなく、ゴミの焼却にも彼のブレスは役に立っている。

「それで、一体どうしたんだい？」

「牧場を作っていたら、怪我人が空から降りてきたみたいで」

「よく分からないけど分かったよ」

「そうか、助かる」

「クレイ、梨の木の上で待っていてくれるかい？　イドラ、いくら食べさせてもいいよね？」

「もちろんだ」

よく分からないけど、分かった、とは、なんて素敵な表現なんだ。

俺にも彼が何を言わんとしているのか理解できた。

空から人が降って……のくだりは意味不明で俺が要領を得ない説明をしたが、怪我人がいるからジャノにも診て欲しいということは分かったってことに違いない。

なので、俺についてきてくれる、と判断し「そうか、助かる」と応えたんだ。

「じゃあ、行こう」

「君は傷薬か何かを取りに息を切らせていたんじゃないのかい？」

「そ、そうだった！」

「先に行ってるよ。牧場予定地……いや牧場だね」

そんなこんなで急ぎ薬を取って牧場に戻る。

ちょうど牧場の手前でジャノに追いついた。

「この子はハーピーだね」

うつ伏せに寝かされている翼の少女を見てジャノが彼女の種族を断定する。

「ハーピーって腕の代わりに翼があると思ってた」

「腕はあるよ。腕と翼が繋がっているけど、飛ぶ時には離れる。実際飛ぶのは背中に繋がった方からだね」

「背中に繋がってるんだ」

「脱がさなきゃ治療ができないね。シャーリー、この子の服を脱がして毛布をかけてもらえるかな？」

「畏まりました！」

俺とジャノが後ろを向いてからシャーリーが作業を始めた。

一応、俺とジャノは男だから、彼女がいるなら彼女にやってもらった方が怪我人にとっても良い。

「もう大丈夫です！」

「「ありがとう」」俺とジャノの声が重なる。

さて、患部を見てみよう。背中に切り傷がある。見た感じ骨まで裂けてはいなさそうだ。

これなら手持ちの薬草でなんとかなる。

「薬草を塗布するだけでいけそうかな？」

「まあ問題ないと思うよ。幸い翼も傷がついていない。包帯は持ってるかい？」

「持ってきた」

「じゃあ、僕は戻るとするよ。クレイが待っているからね」

ひらひらと手を振り、ジャノは去っていった。

ありがとうと彼には目を向けずにお礼を述べつつ、さっそく薬草をハーピーの少女の傷口に塗り始める。

今は完全に意識を失っているようで、彼女の反応はない。

「前側を支えてもらえるかな？」

「はい！」

傷薬を塗布した後、シャーリーに手伝ってもらって包帯を巻く。

続いて、毛布を被せ彼女に足側を持ってもらい簡易的な担架に乗せて旧宿舎まで運んだ。

◇◇◇

「う……」

「倒れていたところを勝手ながら運ばせてもらったよ」

「そ、そう、わたし……ぐ……」

「寝ていた方がいい。背中に浅くはない傷を受けているから」

ベッドに寝かせたところでハーピーの少女が目を覚ます。

起き上がろうとするも、彼女の顔が痛みで歪む。

知らない俺たちを見た彼女は警戒するでもなく、素直に頭を下ろし荒い息を吐く。

自分の状態から警戒しても仕方ないと判断したのかもしれない。

「俺はイドラ。君をどうこうするつもりなんてないから安心して欲しい」

「う、うん。っつ」

「動こうとしない方がいい。何をしようとしたのかは分かるから」

「うん」

助けてくれてありがとう、と体を起こそうとしたのだろう。先ほど痛みで寝転んだばかりだというのに。

それだけで彼女の人のよさが分かるというものだ。

「まずは傷を癒して。普段どんな食事をしているのかな？」

「木の根や葉を絞った汁、他には……昆虫などを」

「果物とか肉は食べられる？」

「果物⁉　果物があるの？」

「あるある。外にほら。あ、ごめん。首はそのままで、飲み物も何か持ってくるよ」

と言ったところで扉が開き、ハーブティーを持ったシャーリーが部屋に入ってくる。

「お口に合うか。ハーピーさんに飲み物をお持ちするのは初めてで」

「いい匂い。いただくね」

「どうぞ！　あ、自己紹介が遅れました。私はシャーリーです。よろしくお願いいたします」

「わたしはルルド。助けてくれてありがとう」

うんうん、やはり同性の方が警戒心が薄れるのだな。

先ほど俺と会話していたときより、心なしか彼女が心を開いている気がする。

「シャーリー、しばらく彼女の様子を見ていてもらえるかな？」

「もちろんです」

「その間に種を植えてくるよ。傷薬を塗ったところ悪いのだけど、やっぱり消毒をしたい」

「あ、あれですか……」

「化膿(かのう)する確率がグンと減るからね」

「は、はい」

シャーリーを消毒するわけじゃないってのに、尻尾がしおしおになっていた。

対象であるハーピーのルルドは消毒とは何のことかも分かっていない様子。

あまり一般的じゃないものな。彼女が知らなくても無理はない。化膿すると傷の治りが遅くなるし、抗生物質的な飲み薬もあるので併用して飲んでもらうつもりだ。

案外薬草でなんとかなるものなのだよね。この辺りは母の病魔と闘っているうちに色々分かったことだ。

「植える？」

「そそ。ユーカリという木から消毒……薬みたいなものがユーカリの木の葉から採れるんだよ」

「リンゴもあなたが？」

「俺は植えるだけさ」

「あ、あなたが、伝説の」

ルルドがまだ喋っていたが、「傷の治療の方を優先したい」と彼女の言葉を遮ってユーカリの木の種を植えにいく。

すぐに葉を採取して、消毒液の形にして彼女が寝ている部屋に戻る。

この辺りもう手慣れたものなのさ。ふふ。

「ごめん、話の途中で抜けちゃって」

「ううん、わたしのため、だったんだよね？」

「そそ。浅くない傷だったから傷薬を塗り直したいんだ」

「貴重な傷薬を……」

「その辺に生えている薬草だから大丈夫だよ」

「や、やっぱり、あなたは」

やっぱり、のところでまたしても彼女の言葉が遮られることになった。

一方、俺と彼女の様子を見ていたシャーリーがゴクリと喉を鳴らす。

「や、やるのですね」

「シャーリーが彼女の体に塗布してもらえるかな？」

「そ、それは……わ、私がルルドさんを支えます」

「分かった」

「水より少し染みる」

「傷薬は染みるもの、って聞いてるよ。大丈夫。う……！」

包帯を外し、傷を再度消毒液で清める。痛みに肩を震わせる彼女であったがうめき声一つあげなかった。

「よく頑張った。あとは傷薬を塗るだけだ。こちらはもう染みない」

「う、うん」

最後はシャーリーに包帯を巻いてもらって終了だ。

彼女から外した包帯は血でべっとりになっていた。明日朝にでも再度消毒と傷薬を塗らないといけなさそうだな。

先ほど患部を見た限り、もう出血はしてない。このまま安静にしていればきっとすぐに良くなるさ。

ルルドはホッとしたのか、消毒の痛みからか包帯を巻き終わったシャーリーが彼女を寝かせると、そのまま寝入ってしまった。

「見るだけで痛いです……」

「ちゃんと消毒しておかないと治るものも治らないからな」

「う、うう」

「怪我した時は任せてくれよ」

犬耳をピンと立て体を震わせるシャーリー。彼女は小さな傷を負うことはあったけど、大きな怪我はこれまで一度だけだ。

その時消毒をしたことがトラウマになっているらしい。

といっても、怪我をしたら消毒はするけどな、ははは。


——翌朝。


「入るよー」

「大変！　大変！」

入るなり、不穏なことを口走るルルドに眉をひそめる。

思ったより傷が深かった？　それとも化膿してしまったとか？

俺の心配をよそに、彼女は起き上がりストンとベッドから降りる。

「まだ寝ていた方がいい」

「大変！　賢者様！」

「賢者様？が来たの？」

「賢者様はあなた」

えっと、話が全然見えないのだが。

「情報が入り組んでる……。まず大変って何が大変なの？」

「痛くないの」

「それは大変とは違うんじゃ？」

「飛べないし、起き上がれないほどだったんだよ？　それがもう痛くないの」

「張ったりしない？　思いっきり体を伸ばしたり、はまだ避けた方がいい」

翼を伸ばして羽ばたこうものなら、傷が開きかねない。

幸いというかなんというか、包帯で邪魔をされ翼を動かすのは難しくなっている。

「たった一日で痛くなくなるなんて。大変」

「そういう意味だったんだな。俺の傷薬は研究に研究を重ねているから。そこらの傷薬と違うぜ」

「賢者様は何でもできちゃうんだね」

「俺は賢者様ではなくイドラなんだが……」

「イドラは賢者様だよね」

「え、えっと、賢者とは何かから頼む」

うん、と満面の笑みを浮かべ、ルルドがベッドに腰かけ足をブラブラさせた。

「賢者様は竜の土地に花を咲かせてくれるの」

「花って」

「果物の木とか食べられる草とか、花の蜜とかを」

「なるほど。竜の土地というのは？」

「古代竜リッカート様の領域のことだよ。リッカートとは恵みの大地の意味だって竜の巫女様が言ってたよ」

　恵みをもたらすドラゴンの領域とな。

　モンスターや伝説に疎い俺でも古代竜は知っている。竜種というのはトカゲから巨大なドラゴンまで様々な種族がいるんだけど、古代竜はその中でも頂点に君臨する伝説上のドラゴンだ。高い知能を持ち、魔法も操り他と隔絶した力を持つのだという。

「古代竜リッカートの領域なのにここは俺たちの中だと枯れた土地と呼ばれているんだ」

「そうなの。だから食べ物が育たないの」

「え、えっと。あ、分かった。古代竜リッカートがいなくなっちゃったとか、そんなところ？」

「わたし、あまり詳しくなくて。古代竜リッカート様がお隠れになったので、恵みがもたらされなくなったって竜の巫女様が言ってたよ」

　かつて恵みをもたらす古代竜が自分の領域を食物溢れる豊かな地にしていた。

　ところが、古代竜が倒れたか何かしていなくなってしまう。元々不毛の大地だったのか、呪いなのか原因は分からないけど、作物の育たぬ領域になってしまったとさ。

　ってところか。

「それで、食べ物が育たない領域の中でリンゴの木が育っていたから、賢者様と？」

「うん！　竜の巫女様が教えてくれたの。恵みのこと、教えてくれたんだ」

「そうだったんだ。ハーピーの村とかがあるの？」

「あるよ。みんな食べていくのに精一杯なの」

「それで恵みの地を求めて様子を見に来たのかな？」

「ううん、違うよ。ハーピーは争いたくない」

繋がりのない言葉のように思えるが、すぐに意味が分かった。

この辺り一帯は『枯れた土地』で、作物が育たない。それが、この村だけ作物が育つ。

言わば砂漠のオアシスのようなものだ。他の地に住む種族からしたらオアシスは垂涎(すいぜん)の的である。

唯一のオアシスを巡って我こそは、となるのは自然な流れだ。ハーピーはそれを望まないので、腹を空かそうがこの村で暮らそうとはしない、ということと理解した。

「ハーピーたちはどれくらいいるの？？」

「全部で百人くらいだよ。村の外で暮らしている子もいるから」

「それくらいならみんな来ても大丈夫だよ」

「ほんと！　でも、わたしたちより賢者様にお願いしたいことがあってここに来たの」

「あ、土地を求めて来たわけじゃなかったんだった。どんなお願いなの？」

彼女は膝を床につけ、縋(すが)るように俺の手を両手で握る。

「お願い。竜の巫女様を助けて」

「俺に？」

「賢者様は何でも知っているって聞いたの。だから、作物も育つ。それに、わたしの傷もたった一日で癒してくれたんだもの」

「竜の巫女は怪我をしているの？」

「ううん、日に日に元気がなくなっているの。もう祈りを捧げられないほどに」

「日に日に元気が……」

似ている。母の病気の症状に。俺なりにあらゆる手を尽くしたが、彼女は亡くなってしまった。

母はもう帰ってこない。だけど、同じような症状で衰弱している人がいる。

母のことと重なり、自然と手に力が入った。

「竜の巫女に会わせてもらえないか？」

「会ってくれるの⁉」

母はもう帰ってこない。だけど、母を苦しめた病気を今度こそ俺が癒したいんだ。

これは唯の俺のエゴだと分かっている。だけど、もう一度俺の前に母と同じ症状の竜の巫女の情報がもたらされた。

運命だと思った。病魔よ、今度こそ俺がお前を駆逐してやる。

「竜の巫女を治療できるか分からない、だけど、自分自身のためにも」

「嬉しい！」

「会うよ。会うさ」

「うん！」

やるぜ。やってやる。

そうと決まればすぐに準備せねば。

振り返ると開いたままの扉口に見知った顔が立っていた。涼やかな顔をした長髪の学者風の青年。そう、友人のジャノだ。

「話は聞かせてもらったよ」

「そうか、なら話は早い」

「君がどれだけパオラ様のため看病をしていたのかは知っているよ。一向に改善しない状況でも君は最後まで諦めなかった。君の在り様に感服したさ」

「だからこそ、だよ」

「君の言葉を繰り返させてもらうよ。だからこそ、だよ」

「分かってくれてありがとう。じゃあ」

「違う。だからこそ、もう少し落ち着くべきだ」

彼の目線の先にはルルドがいた。

ここでようやく自分が周りが見えていなかったことに気がつく。

彼女は怪我を負い、まだ完全に傷が癒えていない。そんな彼女を連れてすぐに竜の巫女の元へ向かおうとしていた。

それだけじゃない。今すぐ出るということは今やっていることに対しなんら村人に告げずにいなくなるということだ。

それでもジャノがいればなんとかしてくれるのだろうけど、親しき中にも礼儀あり、だよな。

俺の表情の変化を見て、ジャノはすぐに俺の心の内を理解してくれたようで、はあとため息をつきポンと俺の肩を叩く。

「ごめん。ジャノ、そしてルルドも」

「今すぐ、向かってくれるって言ってくれて嬉しかったよ」

無邪気なルルドにジャノも苦笑するしかなかった。

そして彼は意外なことを口にする。

「僕も行こう」

「え？　お散歩嫌いなジャノが？」

「僕はまだまだ君の【種の図書館】が見たいからね。君にとってはシャーリーの方がいいのだろうけど、僕で我慢して欲しい」

「いやいや、ジャノが来てくれるなんて、これほど心強いことはない」

ありがとう、ジャノ。周りが見えなくなっている俺のために同行を申し出てくれたんだよな。

彼は俺に次の言葉を出させず、宣言する。

「出発は七日後。移動は馬車にしよう。場合によって馬車を切り離すことも考慮する、これでいいかい？」

「あ、うん」

道無き道を進むとなれば、馬車が通過できないこともあるからなあ……。森や崖など馬車が通過できない地形は多々ある。

「ルルドくんだったかな？　君は傷が完全に癒え、元のように自由に空を飛べるまで体力を回復させて欲しい。道中も飛ぶことをなるべく控えるようにするつもりだよ」

「う、うん」

有無を言わせぬジャノの態度に彼女も頷くしかない。

ジャノは彼女の状態を考えるだけでなく、村の状況、そして実際に俺たちが準備にかかる時間も加味し七日という日数を出した。

彼の計算なので、今の俺たちにとって最短の日数のはずだ。

七日も待つのか、と思うかもしれないけど、俺が一人でやったらもっと日数がかかるだろうなあ……。

「こっちです！」

「シャーリー、もし危険な魔物が迫ってきたらアレを使ってくれ」

「はい！　私もご一緒したかったですが、イドラ様のいない間、お屋敷をキッチリ管理いたします」

御者台に座り右手をあげるルルドをよそに、俺はシャーリーに別れの挨拶を交わし、馬に鞭を入れる。

もしグリフォンのようなモンスターが村へ来襲したとしても、彼女に託した種があれば凌ぐことができるはず。

こういった下準備をするにも時間が必要だった。

戻ったら本格的に村の防備を固めることにしよう。旅の途中でどうやって防備を固めるのか考えなきゃな。

見晴らしのよい荒野を抜けると深い森になっていた。深い森といっても馬車が通るのに全然問題ないくらいの隙間がある。平坦だし馬車での移動は快適そのもの。

「空から魔物がいないか見てくるね」

「君はなるべく飛ぶのを控えるようにと言ったじゃないか。イドラ、君もちゃんと見ておかないと」

御者台に座る俺とルルドに釘を刺すジャノである。

彼は馬車の中でずっと本を読んでいたのだが、ちゃんと周囲の警戒をしてたのか。

「イドラ、まさか君は僕が本に集中しているだけだとでも思っていたのかい？」

「い、いや、そんなことないよな」

「そうだよ。分かっていたのならちゃんとルルドに説明しておかなきゃ」

「い、いやあ。そこはさ。俺じゃなくてジャノがやっていることだから」

「それもそうだね。君だけならともかく、ルルドくんにも説明しておいた方がいいか」

ジャノはパタンと本を閉じ、御者台の前まで移動する。

彼は俺の時とは違い、彼にしては優し気な声でルルドに説明を始めた。

「警戒なら僕がしているから大丈夫だよ」

「そうなの？　ジャノは空に目があるの？」

「空から離れよう。危険な何かを見つけるには空から以外にもあるのさ。君はゆっくり歩く時と空を飛んでいる時に何か違いを感じることはあるかい？」

「う、うーん。あ、風！　空を飛んでいると風を感じるよ」

「物凄く察しがいいね。イドラにもこうなって欲しいものだよ」

余計なことをのたまい、はあと息を吐くジャノの目線がこっちに向かう。

今は俺、関係ないよね。

「風が関係あるの⁉」

「そうさ。魔法使いは風を読み、魔物の接近を知る」

「凄い！　ジャノはメイガス様だったんだ。賢者様にメイガス様！」

「僕はイドラと違って好きで魔法の研究をしているだけさ。大したものではないよ」

謙遜するジャノであるが、知識欲の塊である彼と魔法使いという役柄の相性はとてもよい。

この世界の魔法使いは前世の記憶だと精霊使いに近いかもしれないな。

まず、魔法使いを目指すには持って生まれた才能が必要だ。才能とは体内に内包する魔力が一定以上であること。

ただし例外もある。俺のように魔力を持っているが魔力を使う別のスキルがある場合には魔法を使うことができない。

一定以上の魔力を持つ者は王国内人口のおおよそ一割と言われている。

だが、魔力を持って生まれたからと言って魔法使いになれるわけじゃあないんだ。

魔法使いとは、魔力を用いて森羅万象に働きかけることで魔法を発動できる。この森羅万象に働きかけるってのがとてもとてもとても複雑で、色々な知識を学び、森羅万象を操る繊細な操作能力が必要だ。

知識の習得でつまずく者が多く、魔法使いとして魔法が使えるようになる者は魔法使いを目指した者のうち一割程度……とジャノから聞いた。

これで何故、魔法使いが王国内で重宝されているのか分かったと思う。希少な存在なのだよな。戦闘用の魔法もあるが、それ以外の場面でも非常に便利なんだよね。

魔法使いが一人いるだけで旅が格段に楽になる。街で暮らしていても、魔法使いがいると利便性が格段に増す。

今彼が使っている魔法も便利魔法の一つだ。風に働きかけ、モンスターの居場所を知ることができる。警戒範囲も熟練の狩人より遥かに広い。

素晴らしい、素晴らしいぞ、魔法使い。


モンスターにエンカウントすることもなく、夜を迎え警戒しやすい大木の下で休息しようとしたところで今度は俺の出番だ。

「馬車ごと上にあげる。ジャノはこっちに」

「種を使うんだね」

種を植え、ジャノに目を向ける。

『森羅万象にジャノ・エルガーが願う。いざ奇跡をもたらしたまえ。クリエイトウォーター』

ジャノの手の平に水球が浮かび、彼が手首を捻ると水球が地面に落ちた。ちょうど、俺が種を植えたところに。

　水を得た種から芽が出てきてまたたく間に蔓が絡まり成長していく。蔓は馬車の下に滑り込み、蔓の床を形成して馬車を高く高く運び上げる。

「ヒヒイン」

　急に上に持ち上げられた形になった馬が悲鳴をあげてしまう。馬には事前に伝えることができないからなあ。幸い馬が暴れるようなことはなく、安心する。

「俺たちも登ろう。これに掴まって」

「わたしは飛ぶね」

　彼女が飛ぶのを止めようかと思ったけど、彼女にとって飛ばないことがストレスならと思い、短い距離だし敢えて彼女を止めなかった。

　彼女とは違って飛べない俺とジャノは蔦に掴まる。

　グイっと蔦を引くと、スルスルと蔦が上に伸び俺たちを馬車のあるところまで連れていってくれた。

　大木より高い位置に蔦の床ができ、そこに馬車と馬が乗っている。

　馬は既に落ち着きを取り戻しており、じっと俺たちを待っていた。すぐにジャノが馬に飼い葉と水を与え労う。

　一番仕事をしていたのは馬車を引っ張ってくれた馬だものな。

水はジャノの魔法で用意できるので、荷物を随分と減らすことができたんだ。

飼い葉についてもその場その場で次回分の飼い葉を用意しているので、それほど嵩張ることはない。

食糧は現地調達だから、簡単な調理器具と念のための保存食、あとはナイフとか旅に必要な道具類、馬車に積んでいるのはたったこれだけである。

俺だけだと水はどうにもならないから、ジャノがいてくれるだけでいかに助かるか分かるというもの。


進むこと三日、随分と移動した。

ルルドの言葉によると、あと一日もかからない距離にまできているらしい。

「高い、高いな」

「そうだね」

「ご、ごめんなさい……二人が飛べないこと、考えていませんでした」

しまったとばかりにルルドの顔が青ざめる。

というのは高い、本当に高い切り立った崖が見えてきたのである。

崖まではまだ距離があるのだけど、それでもこの高さだ。高さは優に五百……いや、一キロくらいあるかもしれない。

「回り込んで崖の向こう側に行けばいいだけじゃないか？」

「う、ううん、竜の巫女様の神殿は周囲が崖に囲まれてるの」

「ふむ」

「あ、わたし、先に竜の巫女様のところへ行って」

飛び立とうと翼を震わせわせわせたルルドの肩をむんずと掴む。

「崖は問題ない」

「え……？」

「懸念はあるけど、崖の上って馬車を進めることができるよね？」

「そ、それは、問題ありません。馬車より大きな子もいますし」

気になる言葉が入っていたが、今気にしても仕方ないよな。

隣で俺とルルドの話を聞いていたジャノは特に動じた様子はなかった。

彼は俺の【種の図書館】の力を俺以上に熟知していると思うこともある。

そんなこんなで崖のところまでやって参りました。

「一キロに少し届かないくらいだね」

「そうだなあ。傾斜は八十度くらい。まさに壁だな」

「や、やっぱり、わたしが飛んだ方が」

ルルドだって夜ごとに見ていただろうに。

種を植え、ジャノが作ってくれた水を注ぐ。

蔦が伸び、床を作り馬ごと馬車を持ち上げる。馬も慣れたもので嘶きさえせずふああと欠伸をするほど落ち着いていた。

「あ……全然高さが」

蔦の床がだいたい二百メートルくらいの高さで上昇が止まる。

「思ったより、高くまで伸びたな。個体差があるのかも」

「ここでお昼にでもするの？」

「いやいや、どうせなら登り切ってからにしよう」

「ここからどうするの？」

「こうするんだ」

崖壁に向かって種を投げ、今度は魔力を通し種の成長を促す。

普段は水だが、魔力を流すことで発芽させることだってできるのだ。もちろん、種による。

まるで先ほど撮影した動画を再生しているかのように蔦が伸び床を形成し、馬と馬車と共に俺たちを持ち上げた。

そして、更に二百メートルほど上る。

「あとは繰り返しだよ」

「ほええ。賢者様ってほんと何でもありだね」

「それ褒められてるのか微妙なところだな」

「褒めてるよ！」

三度目の蔦の床で六百メートルの高度となった。

ここでジャノの顔が曇り、俺に耳打ちしてくる。

「敵対的な何かがこちらに向かっている」

「マジか……」

「風の伝える形から、馬に似た空を飛ぶ魔物だね」

「空を飛ぶ馬……ユニコーンとかヒッポグリフとか」

言ったもののユニコーンはないよな。実際にユニコーンを見たことはないけど、子供向けの物語で登場する味方人気トップ３に入る。

ユニコーンは空を駆ける天馬と表現されることもあり、魔物ではなく聖獣になるのかな？

モンスター、魔物、魔獣、聖獣、神獣、精霊……なんだか呼び方が色々あってややこしい。

王国で勝手に呼称しているだけだから、分け方も曖昧で学術的な意味はない……とジャノから聞いた。

「あ、あ……」

俺たちのひそひそ話が聞こえたらしいルルドが両耳を塞ぎペタンとお尻を地面につける。

尋常じゃない怯え方をしている彼女に声をかけようとするも、うわごとのように何か呟いていた。

「悪夢が……ナイトメアが……」

「ナイトメアかい、なるほど。興味深い」

「ジャノ、そんなに呑気に構えていてもいいのか……？」

「そうだね。あと三分から四分でここまで到達する」

懐から懐中時計を出し俺に見せるジャノ。

「思ったより時間があるじゃないか、ってそうじゃなくナイトメアってどんな魔物？　魔獣なんだ？」

「魔法を使う空飛ぶ漆黒の馬……とでも表現すればいいかな。蹄の代わりにかぎ爪がある」

かぎ爪だと地上を走る時に蹄より効率が落ちそうだ。

空を飛ぶのならかぎ爪の方が蹄より攻撃に向く。

「魔法か。魔法は種類が多くて対策が絞り切れない。どんな魔法を使うんだ？」

「主に風魔法だね。個体差はあるかもしれないけど。君だけでやるかい？」

「俺が攻める。ジャノは守りを」

「任された。そろそろ来るよ」

おっし、じゃあ一丁ドンパチやるとしますか。

「に、逃げなきゃ。逃げなきゃ」

「ルルドくん、心配なら馬車の中に入るとよい」

「あ、あ……ナイトメアが。わたし、アレに襲われたの。ハーピーじゃどうやっても敵わない」

「まあ、イドラに任せておけば大丈夫さ。ね、イドラ?」

「おう、任せておけ」

正直、どこまで戦えるか不明なところはあるが、彼女を安心させるためドンと大袈裟に胸を叩く。

ジャノも大したことはないといった態度をとっているのは、彼女を落ち着かせるためだろうし。

時には大言壮語も必要なのだ。

「さあ、おいでなすった」

翼がないのに空を飛ぶ漆黒の馬が一直線にこちらに向かってくる。

ユニコーンのように頭から角が生え、ジャノから聞いていた通り蹄の代わりに鋭いかぎ爪が生えていた。

たてがみは鮮やかな青色で黒とのコントラストで非常に目立つ。

『グウアアアアア』

「馬っぽくないな……」

漆黒の馬――ナイトメアが嘶く……いや、咆哮(ほうこう)する。

そこはヒヒイイインとか期待していったのに。

「馬っぽくないな、じゃないよおお。に、逃げないと」

「そいつはこいつを見てもらってからだ」

狙いを定め……る必要もなく、ポイっと紫色の種を投げる。

魔力を込め、無事種が発芽した。

シュルルルルル。

対するナイトメアはたてがみが帯電しバチバチとさせ――奴を中心に稲妻が走る。

俺たちをも巻き込む稲妻であったが、幾重にも重なった茎と葉が行く手を遮った。

茎と葉は灰になりながらも稲妻の勢いを殺し、灰になるより速く新たな茎と葉が覆いかぶさっていく。

「おいおい、風魔法じゃないじゃないか」

「ナイトメアの亜種なのか、キリンの亜種で黒色なのか悩ましいところだね」

「どっちでもいいさ」

「期待しているよ。防御は任せて君は攻撃に集中してくれていい」

今度は特別製だ。次の種は毒々しい紫色の種である。

先ほど稲妻を塞いだ種は成長力を極限まで上げた反動でもう枯れ始めている。

対するナイトメアは挨拶代わりの雷撃でまだまだ元気いっぱいだ。先ほどより広範囲に青白い紫電が走り、今度は全体に広がるでなく束となりこちらに襲い掛かってきた。

俺はそいつには目もくれず、紫色の種の描くイメージに集中する。こいつの力は、俺の魔力によってある程度操作できるものだから、発芽しておしまいではない。

『森羅万象にジャノ・エルガーが願う。いざ奇跡をもたらしたまえ。ミラージュロンド』

一直線に向かっていた稲妻の束が逸れ、蔦の床の下を通り崖に突き刺さる。ガラガラと物凄い音を立て崖の一部が崩れた。

「稲妻の方が御しやすい。風だとこうはいかないからね」

涼しい顔でのたまうジャノ。この分だと最小限の魔力消費で稲妻を躱してくれそうだ。

かといってのんびり構えているわけにはいかない。ナイトメアが体当たりやかぎ爪の攻撃に切り換えてきたら、逸らすのではなく防ぐ必要が出てくる。

彼ならばやってのけるだろうけど、彼の魔力とて無限ではない。

「行くぜ。フィドラーコーディ。悪夢には悪夢の力、見せてやれ」

紫色の種を握り、魔力を込める。先ほどやった発芽のための魔力と異なり、種を進化させる時のように湯水のように魔力を流し込む。

急速な体内魔力の減りにより、頭がクラリとするが踏みとどまって前を見据えた。

魔力の減りは立ち眩みの症状に似る。立ち眩みは意図せず起こるが、魔力の減りは意図的に起こすのが違いかな？

存分に魔力を吸った紫色の種からこれまた毒々しいどす黒い赤紫の茎が伸びる。

対峙するナイトメアは、稲妻の攻撃を躱されたからか、怒りの咆哮をあげ、こちらに肉迫してきた。

そこに赤紫の茎がナイトメアの鼻先に触れ、弾けるようにぶわっと、茎と同じ色の手のような形をした葉が広がる。

またたく間にナイトメアの体を茎と葉が覆いつくし、髑髏にも似た真っ赤な花が咲いた。

ズウウウウン。

ナイトメアの首がガクリと落ち、気を失うと同時に奴の体が地に落ちる。

「この高さから落ちたら一たまりもないだろう」

「魔力は大丈夫かい？」

「少し休みたい。いや、上まで登ってからにしよう」

「そうだね、ここでは身動きができない」

登るための種なら発芽させるだけの魔力しか使わないから、このままでもいける。

登りきったら、しばらく横にならせてもらうがね。

「ふう……」

「水だよ」

「ありがとう」

「二人とも凄かった！　わたしだけじゃなく、全ハーピーから感謝……あ、でも、伝えない方がいいかも、う、うーん、でも伝わっちゃうかも？」

馬車で寝転がり、ジャノから魔法で生成してもらった水を受け取る。

ふうう。生き返るう。

ルルドが何かよく分からないことを言っているけど、別にハーピーのためにやったわけでもないし俺たちのためであったからな。

立ちふさがる敵を打ち払っただけ。あのまま何もしなきゃ、全員稲妻に焼かれてお陀仏だったもの。

ナイトメアは空を飛ぶ。とてもじゃないが、逃げて振りきれるものでもない。

なら、こちらを舐めて近寄ってきている時にやるに限る。空から高速移動しつつヒットアンドアウェイで来られたら苦戦は必至。

あの場だったからうまく勝つことができた。あの場だったから容易く仕留めることができたのだ。

「あの禍々しい種はどんな種だったの？」

ルルドの興味はハーピーが、という話から別のところに移る。気になるところがあり過ぎるのは分からないでもないけど、疲れちゃわないか少し心配だ。

「あれは見た目からして毒々しい種なのだけど、効果のほどもおぞましい。我ながらえげつないものを作ったよ」

「すごかった！」

「フィドラーコーディは対象の魔力を吸い成長する。ナイトメアの魔力は膨大だったから花が咲くまでになったんだよ」

「魔力を……？　飛べなくなっちゃう」

「ハーピーも魔力を使って飛ぶんだったか。翼のないナイトメアならきっと魔力で空を飛んでいるのだと思ってさ。フィドラーコーディは一度取りつくと魔力を吸いつくすまで成長を止めない」

「……ぶるっとした」

ギュッと手を握り、青い顔になるルルド。

発芽させ、茎を伸ばして対象に取りつかせるのにもクソほど魔力を使う。

フィドラーコーディは魔力喰いの種。俺にしか発芽させることができないから、フィドラーコーディによるバイオハザードは起こらないから心配しないでくれ。

「もう少しだけ休憩させて欲しい。竜の巫女のところはもうすぐそこなのかな？」

「うん、わたし先に行って戻ってこようか？」

「飛んで戻ってくるのかな？」

「ううん、ここからなら歩いていくよ。飛ぶより歩く方が疲れないから。ずっとわたしの傷のことを心配してくれたんだもの」

「あはは。歩いてすぐなら馬車で行った方がいい。ルルドも休んでおいて」

「安心して休んでおいてくれていいよ。何かあれば引っ張り出すからそのつもりで」

　馬車の窓から顔を出し、俺たちの会話に割って入るジャノは抜け目ない。

　彼は今も周囲を警戒してくれている。だからこそ、俺も安心して休むことができるってものだ。

「よっし、じゃあ向かおう」

「もういいのかい？」

「まだ全快じゃないけど、もう一回くらいならさっきの毒々しい種を使うことができるくらいになった」

「目的地を目の前にして、ってところかい？」

「そんなところ」

　にししと笑い、馬に鞭を入れる。

　ものの十分ほどで竜の巫女が住まう神殿に到着した。

「神殿……ううむ」

「すごいでしょ」

「確かに。崖の上にこれほどの神殿を建てるなんてすごいな」

「うんうんー」

圧巻の神殿であることは確かだ。

巨石を運び組み上げた神殿は荘厳で神の宿る場所として相応しい雰囲気を醸し出している。

ここに霊獣とか、聖なる何かがいたとしても不思議ではないほどに。

見事な石のアーチに大理石の床で、古代ギリシャの神殿を彷彿(ほうふつ)とさせる。

だけど、だけどだよ。

巫女に神殿といったら和風を想像してしまったんだよね。

分かっている。俺の勝手な勘違いだということは。巫女と聞いて神社の巫女さんを想像してしまったのだもの。

領都コドラムにはギリシャ風の神殿なんてものはなく、聖なるところといえば教会のみだ。

こういった異文化ちっくな神殿を見ることができるだけでも、この場に来てよかったと思える。

巫女さんは残念でならないが。

「石を継いで作ったのだろうけど、この量を運び込むのは相当骨が折れただろうね」

「たった一晩で運んだんだって。古代竜リッカート様が」

「伝説の古代竜の遺物とは恐れ入った。伝説が確かにあったことをこの神殿が示しているというわけだね。非常に興味深い」

「みんな総出で綺麗にしているんだよ」

ジャノはふんふんと頷きながら神殿を見上げていた。

確かに神殿は綺麗に磨かれている。ハーピーたちがいれば屋根の上もお手の物か。

空を飛べるなら滑落の心配もないし、梯子を準備する必要もなし。俺も掃除の時だけでいいから空中浮遊をしたいものだぜ。

でも、空中浮遊なんてできちゃったら掃除どころじゃなくなっちゃうよね。

悩ましいところだ。

「どうぞ、中へ」

ルルドに案内されて中へ入る。門番もおらず、広い神殿の中はガランとしていた。

竜の像が飾られており、奥には部屋が一つ。その扉の前にはハーピーではなく、ワニのような頭をした人型の長身二人が立っている。

部屋に竜の巫女がいるのだろうなとすぐに予想できた。なんせここだけ門番らしき二人がいるのだから。

ワニのような顔をした門番は全身が褪せた緑色の鱗で覆われており、ノースリーブの革鎧から伸びるスラリとした腕、下は黒のズボンに革のブーツを履いている。

彼らはリザードマンだと思う。領都コドラムで何度か見たことがある。

リザードマンはホッソリとした体形で長身なのだけど、力が強く足も速い。コドラムで見たリザードマンたちは街に定住しておらず、冒険者をやっていたっけか。

異世界あるあるの冒険者なのだけど、この世界にも冒険者という職業があり、冒険者ギルドも完備している。

自由気ままにその日暮らし、頼るのは自分の腕次第。冒険者は子供の憧れる職業の一つなのだけど、俺は憧れることはなかったなあ。

冒険者って命がけじゃないか。もし俺が貴族の息子として生まれていなかったとしても、冒険者を目指そうとは思わなかった。

どこかの店に弟子入りして、将来は職人ってところかな。手先は器用じゃないけど……。


「マテ。ルルド」

「ん、なあに?」

素通りしようとするルルドを右側に立つリザードマンが呼び止める。

「ニンゲン、ジャナイカ」

「人間じゃダメなの？」

「ケンジャヲサガシニイッタノデハ、ナカッタノカ？」

「あれ、何で知ってるの……？　そうだよ」

「ニンゲンガケンジャナノカ？」

「そうだよお。わたし、ちゃんと見たよ」

「フム、ワルカッタ。ニンゲンガワルイ、ト、イッタワケデハナイ。キャクジン、イヤ、ケンジャ、ヨ。スマナカッタ」

竜の巫女には目的を告げずに旅立ったんじゃなかったっけ。

まあ、彼女を見ているとリザードマンたちにはバレバレだったのも分かる。

「人間は長寿でもないし、平均的な魔力も高くない。長く生き知識を蓄えた者を賢者と呼ぶこともある。人間と賢者は結びつかないさ」

「そういうものか」

ジャノの解説に「なるほど」と膝を打つ。

「失礼します」

部屋にいたのは背もたれ付きの椅子に座る二十代前半に見える女性だった。

真っ白の長い髪に白と赤の巫女服を纏（まと）っている。大事なことだから、もう一回。巫女服を纏っているのだ。

神社にいる巫女さんの巫女服を。

おっと……少しばかり興奮し過ぎたようだ、すまない。

彼女は見た目からして人間ではないことが分かる。額から二本の角が生えていたからだ。

角はトナカイの角のようであるが、トナカイのものより細長い。中華風の龍の頭に生える角……が一番イメージが近いかも。

人間と異なり血色から彼女の状態を判断することはできないものの、明らかに生気がないことは素人の俺でも分かるほどだった。

博識のジャノはスッと目を細め、彼女の様子を窺っている。

「竜の巫女様。賢者様をつ……むぐ」

「突然の訪問、申し訳ありません。はじめまして。俺はイドラです。こちらはジャノ。ルルドに神殿まで案内してもらったんです」

「はじめまして。神殿はどのような者でも歓迎します。私は竜の巫女イズミ。人間ですとここまで来るのも大変だったことでしょう」

自己紹介する竜の巫女イズミであったが、声はか細く弱々しい。

背格好がまるで違うが、俺にとって彼女の生気のなさは自分の母親と重なるものがあった。

「イドラ……」

「うん?」

ジャノが俺の耳元で俺の名を呼ぶ。彼の顔は苦渋に満ちたものだった。

竜の巫女を前にして彼とひそひそ話をしていいものかと思ったが、当の本人が微笑み「どうぞ」と手で合図してくるものだから悪いなと思いつつも彼と会話を続ける。

「彼女、魔力が抜けている」

「魔法を使っているってこと？」

「いや、魔法は使っていない。彼女はできうる限り魔力を吸収することに努めている。君が先ほど横になった時のようにね」

「どういうことだ？」

「彼女は君や僕に比べ魔力を回復させることに遥かに長けている。だが、追いついていない。バケツに穴が開いた状態だ」

「彼女の病……と言えばいいのか分からないけど、彼女を蝕んでいる原因は魔力の流出ということ？」

「他に原因があり、魔力が流出しているのかもしれない。だけど、このまま放置したらいずれ衰弱して倒れる」

蛇口とバケツを例に出すと、蛇口を捻って魔力を注ぐ水がバケツに注がれる。

通常、魔力を使わない限り魔力は減らないので、満水になったバケツにはそれ以上水が注がれなくなる。

しかし、彼女のバケツは底に穴が開いており、何もしていなくても水が漏れていってしまう。彼女は蛇口から注ぐ水の勢いを増す技術を身に付けているけど、それでも漏れていく量に全然足りないといった状態だ。

「お話は終わりましたか?」

「はい。お気遣いいただきありがとうございます」

「ジャノさんがおっしゃっていた通りです。私の魔力はもってあと一年といったところでしょう」

「そ、そうなのですか……」

ここでまたジャノが俺に耳打ちする。

わざわざ二人で秘密にもなっていない会話を二度もする必要はないだろ。

てわけで、彼にそのまま喋るように促す。

「改めてはじめまして。僕はジャノ。あなたの規格外の魔力保有量に驚きを隠せません。面と向かってお伝えするに気恥ずかしかったもので」

「そういうことか」

「そういうことだよ。僕だって空気を読むんだ」

「読んでいたな……すまんかった」

「おもしろい方々ですね」

うふふとばかりに上品に笑う竜の巫女イズミに対してはジャノでさえ苦笑いするしかない。

魔力が漏れ出し回復の見込みのない人を前に『元の』魔力保有量について語るのは失礼だよな、うん。

これは俺に配慮がなかった。

俺には他の人の魔力を推し測ることができない。ジャノが言う「規格外」の魔力だったなら感じ取れるかもしれない程度だ。

規格外となればそれだけで圧となり、感じ取ることができるかなって。

魔力の有無は、それなりに魔力を持っていれば見分けがつく。ただ、魔力の多寡は分からない。

彼女は元々膨大な魔力を持っていて、魔力が漏れ出す状態になり徐々に魔力が減っていき、今の状態になっている。

ジャノは元の魔力量を推し測り、「規格外だ」と言った。

規格外だったからこそ、まだ彼女の魔力は尽きず俺たちとこうして喋っている。

おっと、そもそもの前提を確認しておきたかった。この場でジャノに尋ねるのはさすがに憚られる。

聞きたいことは「魔力が完全になくなると生存できないのかどうか」だ。

聞かずとも彼女が自分で言っているので間違いはないのだろうけど、道はないのか彼に聞きたくってさ。

「僕の計算ではおおよそ二十年、あなたの『魔力の器』は壊れたままです。これまで様々な治療法を試されたと思いますが、お聞かせいただけますか？」

「ハーピーやリザードマン、ドラゴニュートたち……色んな方々が私のために薬や治療を施してくれました。ですが、一時的にでも効果があったものはありません」

「僕の知っている書物にはスミソナイト、カルセドニー、レムリアンの三種が『魔力の器』を修復するに効果がある、と記載されていました」

「どれも聞いたことがありません」

「スミソナイトは鉱物の一種。カルセドニーは古代の錬金術師の記述にあり、ポーションの一種なのか不明。レムリアンはアンブロシア（神の果実）の一種とのことです」

「雲を掴むような話ですね」

「そうでしょうか。僕はここに来るまで古代竜が実在するなんて信じてませんでした。ですがここには確かに古代竜がいた形跡があります。その巫女であるあなたがいらっしゃいます」

　ジャノにしては珍しく熱弁する。

　自分のことなのに冷静に受け答えをする竜の巫女には頭が下がる思いだ。

　俺だったら藁にもすがる思いで、なんとかしてジャノのあげたアイテムを手に入れようと躍起になるだろう。

彼のあげた三つのアイテムについて、俺は聞いたことがない。彼の持つ膨大な書物のどれかにそれらが記載されていたんだな。

鉱物の一種ならどこかにあるのかもしれないが、それこそ雲を掴むような話だ。錬金術で生成……は専門家が多数いる中、未だに『伝説上』となっていることからお察しである。

残るはレムリアンだが、神の果実ってどこかに生えているのか？　神のというからには神の世界にある？

う、うーん。スミソナイトとカルセドニーより実在性が低い気がする。

「私にとっては伝説でも、あなたにとっては伝説ではないかもしれない。あなたにとって伝説だった古代竜リッカートが実在したように」

「そうです。レムリアンならばこの世に作り出すことができるかもしれません。だよね、イドラ？」

「え、俺？」

「そうさ」

当然のように言われましても、俺にどうしろと？

自信ありげな彼の態度に対し、はてなマークしか浮かばない。

首を傾げる俺に彼が言葉を続ける。

「【種の図書館】は種を進化させることができる、で合ってるかい？」

「俺にしか見えないけど、種を進化させる先の候補も見え……あ」

「名称はレムリアンではないかもしれないけど、可能性はあるんじゃないかい？」

「確かに」

そうか、そうか。

種を進化する先はツリー状になって名称とステータスを見ることができるんだ。

「きっと、見つけてみせます。俺が伝説を実在するものに変えてみせる」

「お待ちしてます。あなたのその力も私にとっては伝説でした。伝説は決して伝説ではない。

そこの導師がおっしゃった通りですね」

「俺のスキルが分かるのですか？」

「細かいことまでは分かりません。ですが、ごめんなさいね。見えてしまうのです」

「特に隠しているわけじゃないので、問題ありません」

儚(はかな)く微笑む竜の巫女に母を重ね、改めて彼女の治療をしてみせると強く誓う。

母の時とは異なり、ジャノが対応する治療法を知っていた。といっても実在するかも、本当に治療できるのかも不明。

だけど、僅かながらも可能性があるのなら、それに賭けてみたい。今度こそ病を克服してみせる。

そうと決まれば一旦村に戻ることにするか。今ある種の中から薬効があるものを中心に調べていこう。

では失礼します、と口に出そうとしたところで、リザードマンが部屋に入ってきた。

「ミコサマ、ジケンダ」

「どうかされたのですか？」

「ナイトメアガ、シンニュウシテイル」

「神殿は来る者拒まずです。たとえナイトメアであっても」

「ワカッタ」

ナイトメアって、崖のところで俺たちを襲撃してきた奴だよな。

別個体がいても不思議じゃないけど、ナイトメアに神殿を荒されたらたまったもんじゃないぞ。

俺の心中を読んだイズミが優し気に目を閉じる。

「心配ありません。神殿は敵意ある招かざる客を寄せ付けない結界が張り巡らされています。たとえ竜であっても神殿の結界を越えることは叶いません」

「そうだったんですね」

友好的なナイトメアか。あの凶暴な姿からは想像できないけど、どのような種族にも個体差はあるものだよな。

人間だってそうだ。蚊も殺さぬ聖人からシリアルキラーまで様々である。俺は……どうなんだろ、善人ではないが悪人でもない。

いい奴ではないが悪い奴でもない……と思う。

何としても竜の巫女を治療したい、という想いも無償のものではなく自分のエゴからだしなあ。

「敵意がないのなら気にせず戻ろうじゃないか」

「そうだな」

ジャノはナイトメアに対しまるで心配するそぶりを見せず、すたすたと歩き始めた。

ペコリとお辞儀をしてから俺も彼に続く。ずっと俺たちの様子を見守っていたルルドも俺たちの動きに合わせて後ろからついてきた。

竜の巫女の部屋を出て回廊を歩きながらジャノに尋ねる。

「結界があったから、警備も部屋の前だけだったし俺たちもあっさり竜の巫女の部屋に入ることができたのかな？」

「何かあるとは思ったけど、結果的にそうだね。ルルドの案内がなければ会うことはリザードマンたちに拒否されたかもしれないね」

「わたし、役に立った」

「連れて来てくれてありがとうな」

「僕からもお礼を言うよ。興味深い、実に興味深かったよ。ありがとう」

えへへ、と会話に入ってきたルルドに対し二人揃って褒めたたえる。

結界とは何かってことは俺だって一応知っているんだぜ。結界は指定した土地や建物の中だけに発動する大魔法である。

結界は結界の中と外を隔てる障壁のようなもので、様々な効果を付与することができるのだ。

神殿の場合は敵意のあるなしで立ち入る者を制限している。

「そうだ。結界ってジャノでも結界があるって気がつかないものなの？」

「神殿の結界にはまるで気がつかなかったよ。素晴らしい結界だ。古代竜リッカートが作ったのか、竜の巫女イズミの手によるものなのか」

「結界ってジャノなら作れるの？」

「うーん、結界は儀式魔法で作るもので、結界形成後は常に魔力を注がなきゃならない」

「儀式魔法って複数人で協力してってやつだっけ？」

「そうだよ。一人の魔力じゃ足らない場合に、多数の魔法使いを集める。儀式は複雑で全員が手順を間違えずに実行しなきゃならない。とても面倒なものだよ」

「へえ……」

「しかし、ここの結界はけた違いだよ。魔力の流れをまるで感じさせない。継続的な魔力の供給も必要ない。僕にとってはこの結界はおとぎ話だよ」

ふむふむ。結界についてはよく分からないけど、神殿の結界を形成した何者かは俺たちの常識の枠外にいるということだけは理解できた。

それはそうと、本当にいるよ、ナイトメア。

神殿の入口には段差があって、地面より高くなるように大理石が敷かれているのだけど、ちょうど段差を上ったところに漆黒の馬のような魔物ナイトメアが立っていた。

特に何かするでもないので、このまま素通りさせてもらうことにしようか。

ルルドが尋常じゃないくらい震えているけど、神殿に入ってこれたってことは安全なんだよな？

『グルルル』

「ひいいい」

俺の後ろに隠れギュッと俺の服を握りしめるルルド。

彼女はナイトメアによって大怪我を負った。なので、気持ちは分からんでもないけど……。

俺としても崖のところでバトルしたところだろ。いくら別個体と分かっていても構えちゃうよ。

カッポカッポ……ではなくザザザと爪が石にあたる音がしてナイトメアが悠然とこちらに向かって歩いてくる。

なんと、彼は俺の前で頭を下げじっと何かを待っているではないか。

「イドラ、この魔力の波長はさっきのナイトメアだ」

「え？　あの高さから落ちたらさすがに」

「僕らの思っている以上にタフだったみたいだね。落ち方にもよるのかもしれないけど」

「どんな落ち方をしても人間なら即死だぞ」

ナイトメアを落とした場所は高さ百メートルを優に超えていた。

競走馬より一回り以上大きいナイトメアが自由落下した場合、その衝撃は凄まじいものになる。

倒し切ったか見ていないから、生存している可能性もあるにはあるが俄かには信じられない。

グルルルと鳴きながら待っているナイトメアにどうしていいものか悩む。

いっそ撫でてみるか。

彼の首を恐る恐る撫でてみると、目を閉じグルルルと鳴くではないか。

それどころか、首から手を離すと体を横に向け前脚をかがめじっと俺の動きを待っている。

「乗れと?」

『グルルル』

乗せてくれるというのなら乗ってみようじゃないか。

これでも乗馬はマスターしている。馬車の扱いもお手の物だ。

『グルウウアアアア』

「うおっと」

興奮したらしく彼の背中が上にあがり危うく落ちそうになった。

ポンと首を叩くとザザと闊歩し、首を撫でたらその場で止まる。

これなら、ある程度思い通りに動いてくれそうだな。しかも空を飛ぶこともできる。

「ナイトメアに乗って村まで戻ろうかな」

「君の種がないと僕だけじゃなく馬も馬車もここから身動きできないけど？」

「そうだった」

「馬ならわたしが見ていようか？」

ジャノのもっともな突っ込みに対しルルドが助け船を出してくれた。

それならお願いしちゃおうかな。種を調べてから神殿に戻ってくるつもりだし。

「ありがとう。一週間以上あけるかもしれないけど大丈夫かな？」

「うん！」

彼女が力強く頷いてくれたので、彼女に馬と馬車を任せることに決めた。

ナイトメアはジャノにも敵意を見せないし、彼と俺の二人で乗っても地上を歩く分には問題なさそうだ。

二人を乗せて飛べるかは……飛んでもらわないと分からないけど。

「おおおお」

「空からだと速いね」

「すげえよ。空っていいなあ」

「ははは。悪くはないね。落ちないようにちゃんと掴まっておきなよ」

「もちろんさ」

軽口を叩き合いながら、ナイトメアで空の旅を楽しんでいると半日もかからず村に戻ってくることができた。

突然のナイトメアの出現に村中で騒ぎになるが、領主様なら、と何故かすぐに村人たちは落ち着きを取り戻す。

とんでもない種の成長を見ているから色々麻痺(まひ)してきているようだな。

「ウマウマ」

ナイトメアを見ても変わらぬのは食いしん坊のクレイくらいだ。

彼はリンゴの木の枝で俺たちが来ても変わらずむしゃむしゃとやっていた。

「ただいまー」

声をかけるとふよふよと降りてきてナイトメアの首元に着地する。

ナイトメアは特に怒った様子はなかったが、元は凶暴な魔物だけにドキドキした。

「平気なようだね」

「そうみたいだな」

「ウマウマ？」

呑気なのはミニドラゴンのクレイだけである。いや、ナイトメアも気にしていないのかも。

だけど俺は見逃さなかったぞ。彼の青色のたてがみが一瞬だけ逆立ったのを。

旧宿舎に帰るまでに俺の帰りを迎え近寄ってくる村人もいた。しかし、ナイトメアの雰囲気に一定距離以上近寄れなかったみたいだ。

その時には尻尾とたてがみが逆立っていたよな……。

一見すると人畜無害に見えるミニドラゴンだから許されたのか？　サイズ的な問題なのかもしれない。

「おかえりなさいま……きゃ」

『グルルルル』

「こら、落ち着け」

俺たちが戻ったことに気がついて元宿舎から外に出てきたシャーリーを威嚇するナイトメア。

すっかり怯えてしまった彼女の耳がペタンとなっている。

ドウドウと首をポンと叩くとようやくナイトメアが落ち着いてきた。

「ナイトメアは君を主人と思い、僕を認めた者として扱っているように思えるね」

「こいつと戦った時にジャノも活躍したものな」

「彼は君との戦いで君の強さに敬服したってところかな」

「なので、他の人に対しては威嚇したり、近寄らせまいとする……と考えればしっくりくるな」

となるとハーピーのルルドもナイトメアに寄ると爪で引っかかれるかもしれないな。

連れてきたはいいが、目を離すと何をしでかすか分からない猛獣だったか……ま、まあ、そのうち他の人にも慣れてくれるだろ。

シャーリーにも空の旅を楽しんでもらいたいと考えていたけど、ちょいと難しそうだな。

「ご飯にしますか？」

「そうしよう」

俺たちから距離を取ったシャーリーがおずおずと尋ねてくる。

ナイトメアが尻尾を上げたら、彼女の尻尾もびくっとなっていた。

そんな微妙な空気を打ち払うかのようにミニドラゴンがパカンと口を開く。

「ウマウマ？」

「そうだな、クレイのためにも新しい種を植えるか」

俺の言っていることが分かるのか、クレイはバンザイをして喜びを露わにする。

何にしようか。果物の種は色んなものがある。

リンゴと梨がお気に入りなら洋ナシも植えておくか。

種を植え、水をかけるとリンゴの木と同じように芽が出てまたたく間に木になり果実をつけた。

待ってましたとクレイが小さな翼をパタパタさせて木の枝にとまる。

「ウマウマ」

「好きなだけ食べていいよ。俺たちも食事にしよう、ナイトメアは何を食べるんだろ」

「彼は肉食なはずだよ」

ジャノの言葉にあっけにとられ口が開いたままになってしまった。馬な見た目なのに肉を食べるのか。そういや、彼が口を開いた時にずらっと並んだ牙が見えた気がする。

この前の補給部隊が持ってきてくれた肉は保管できてないし、家畜はまだ増えていない。

あ、干し肉ならある。

家畜が育つまでの間、俺も狩に出なきゃいけないか。俺だって肉を食べたいしさ。

第四章　レムリアンを求めて

「ついに見つけたぞ！」

進化ツリーの先にレムリアンの名が表示されている。

ステータスの効果のところに魔法的霊薬と記載されていたので、何らかの効果はありそうだ。

名前が異なるかもと予想していたのだけど、文献通りだった。

ここまで七日の時を費やしたが……本当にあったんだ！　レムリアン。

いやあ、俺にしては長かった。薬のイメージから薬草類を片っ端から調べたのだけど、まるで成果がなくて。

ならば今ある種を全部調べてやるとしらみつぶしに調べていたところ、ふとアンブロシアってリンゴに似た果実だったっけ？と浮かび、リンゴの進化先を確認してみたらレムリアンに辿り着いたんだ。

しかし、まだ進化先にレムリアンが登場したに過ぎない。

当たり前のことだけど、レムリアンを手に入れるには種を進化させなきゃならんのだ。現状はまだレムリアンに進化させることができていない。

【種の図書館】に表示されているツリーを見てムムムと息を吐く

【黄金のリンゴの進化候補】
・帝王リンゴ
・アムランジュ
・レムリアン
・無限のムーラン

黄金のリンゴまで進化させて、次に表示されているのが四つ。

このうち、帝王リンゴ以外の進化先には別の『素材』が必要と表示されている。

これまで滅多に魔力以外に必要な素材が表示されることはなかったが、リンゴの進化先には素材が必要となるものが一遍に三つも出るとは……。

他の進化先に興味はないので置いておくとして、レムリアンに目を向けると進化に必要な素材は『太陽の欠片』と表示されている。

「太陽の欠片ねえ……」

もちろん聞いたことがない。錬金術師を目指していたら知っていたのかもしれないけど……。

分からない時はまずジャノに頼る。これに限るよね。

「ふう」

息を吐き椅子の背にもたれかかる。自然と欠伸が出て両手を上に伸ばす。

伸びをすると何故か椅子の背もたれ上に後頭部を乗せちゃわない？　そんでそのまま首を反らして後ろを見たりしようとして椅子ごと後ろに倒れたりとかしたことはないかな？

俺だけだったら悲しい。

椅子が倒れそうで倒れない絶妙なバランスを保っていたら、もこもこした犬……ではなくマーモットが目に入る。

「クルプケ。また出かけていたの？」

「もきゅ」

ガタン！

クルプケを見ようと更に後ろへ体重をかけたら、バランスが崩れ背中をしたたかに打ち付けてしまった。

結構大きな音がしたのだけど、クルプケはお尻をフリフリしつつ倒れている俺の首元に種を置く。

対する俺は無言ですっと立ち上がり、パンパンと服をはたいた。

そしてクルプケを掴み上げわしゃわしゃする。

「新しい種を取ってきてくれたのか」

「もきゅきゅ」

クルプケは特に首元をわしゃわしゃされるのがお気に入りで、目を細め気持ちよさそうにしていた。

『グルウウアアア』

全く騒がしいな……。クルプケとわしゃわしゃタイムを楽しんでいたというのに。

吠える、咆哮する、色んな表現があると思うが、決してこれは鳴くではない。

窓枠がビリビリと震えているし、これほど大きな咆哮だと村長の家くらいまで聞こえているんじゃないかな？

うるさいが、これはこれで役に立っている。

何故かというのは咆哮の主である窓の外で浮いているナイトメアを見れば一目瞭然だ。

宙に浮き俺にアピールした彼の鋭い爪先で掴まれているのは角の生えたイノシシのような動物であった。

「今日も活躍してくれたんだな。ありがとう」

『グルルル』

窓を開け彼にお礼を言うと満足したのかそのまま降下していく。

今日はもう獲物を狩ってきたのは二匹目だな。

村は畑が更に増え、日々作物が収穫されている。古い家を活用したり、ツリーハウスを更に育てて一時しのぎの貯蔵場所にしているのだが追いついていない。

周囲の村や街に余剰作物を売りたいところだが、輸送をする手段がないんだよな。

なのでこれまで領都から無償で補給を受けていたのだが、これを廃止しこちらの作物と交換でモノを仕入れる形はどうかなと思っている。

父は枯れた大地という領土を維持するために補給部隊を出していたのだけど、相当コストがかかっている。

国としての方針なのだろうけど、物資だけじゃなく輸送費も嵩む。

うーん、こちらから作物を出すことで経費をペイできればいいのだけど……補給部隊そのものを出さない方が父にとってはいいのかもしれないな。

いずれ聞きに行くか。ナイトメアに乗れば領都であっても日帰りできるかもって距離になるからね。


おっと、話が逸れてしまった。

村に戻ってきてから一心不乱に種を調べて七日……つまりナイトメアが村に来てからも七日経過している。

当初、ナイトメアは俺とジャノ以外を威嚇するような態度を取っていたのだけど、とある事情から今では村人との信頼を築きつつあった。

というのはだな。枯れた大地であるエルド周辺地域は人間が食べることのできる植物が極端に少ない。

そんな中、次々に畑ができて作物が満載状態になったらどうだろうか？

更に草食動物である家畜が好む牧草まである。

村の外にいる野生動物にとっても村は食材の宝庫なのだ。草食動物や雑食系の動物だけじゃなく、肉食動物にとっても。

家畜は弱いし、さして追いかけるでもなく確実に捕食できる。

とまあ、色んな野生動物が村に侵入してくるんだよ。中には凶暴なのもいるし、うまい肉なものもいる。

俺が帰ってきた翌日には、人を恐れぬどころか人も狩の対象である虎型の魔物が運悪く侵入してきてさ。

危険を告げる鐘が打ち鳴らされる中、お腹を空かせたナイトメアが空から虎型の魔物を急襲し仕留めた。そのまま、食べ始めたけど……。

俺の手前、ナイトメアは村人を威嚇することはあっても襲い掛かったりはしない。その日は他にもイノシシや鹿も姿を現し、ナイトメアに秒で狩られたんだ。

既に虎型の魔物で腹いっぱいなナイトメアは村人に獲物を譲った。

彼がどう考えているのか本当のところは分からないけど、俺の見解では村が俺の縄張りみたいなものだと思っているのかなと見ている。

ジャノの分析によると彼は俺を主人と慕っているので、俺の縄張りを守ろうとしているんじゃないかって。

それなら危険じゃない鹿まで狩る必要はないんじゃないかと考えるかもしれない。獣ってやつは自身の縄張りへの侵入者をすべからく排除するものなのである。

熊とかもうかつに縄張りに踏み込むと襲い掛かってくるじゃないか。

動物って空腹じゃなきゃ狩をしようとしないのだけど、縄張りは別だ。ナイトメアにとっても縄張りは熊とかと同じようなものなのかもと考えたんだ。

彼にとって『俺の』縄張りを護る行為が、村人にとっては侵入者を排除してくれる頼もしい護衛に映った。

当初は村人を威嚇していた彼だったのだけど、村人からの信頼を感じ取ってか、最近はそっけなくはあるけど村人に向け低い声を出したりはしなくなっている。

空を飛べる彼なら、村の端から端までものの数分で到達するから一頭だけで村を防衛するに十分な戦力たり得るのだ。

窓からナイトメアを見ていたら息を切らせた村人がナイトメアに向けて手を振っている。

彼の浮かんでいる場所から俺が部屋にいることが分かった村人が声を張り上げた。

「イドラ様、ボーンボアを解体してもいいですか？」

「もちろん。みんなで分けるようにしてもらえるか」

「ありがとうございます！」

「お礼ならナイトメアに言ってくれ」

「もちろんです！」

「村人も感謝しているって。この調子で頼むよ」

お礼を述べたが、ナイトメアは足を開いて角の生えたイノシシを離すと同時に空高く舞い上がる。

どうやら次の獲物を見つけたらしい。

今日は入れ食い状態だな。そのうち数が減ってくると見ている。

これだけ派手にナイトメアが暴れていたら村は危険と認識する野生動物も出てくるはずだから。

そうじゃなきゃ弱肉強食の世界で生きてはいけない。

「クルプケ……あれ、もういない」

もう一回クルプケをわしゃわしゃしようと思ってたのに、ナイトメアや村人と会話しているうちにどこかへ行ってしまった。

クルプケは神出鬼没だからなあ。俺が寝ている間にベッドに乗っかっていることもあったり、なかったり。

ジャノのところに行く前にクルプケの持ってきてくれた種を調べておくか。

目を瞑り心の中で念じる。

『開け、【種の図書館】』

クルプケの持ってきてくれた赤く細長い種に触れた。

『ファイアフラワーの種：高温耐性＋＋＋』

聞いたことのない花の品種だ。一体クルプケはどこからこの種を持ってきたんだろう。俺が思った以上に彼の行動範囲は広いのか？

危険なモンスターもいるってのに……といっても彼を押しとどめる術はない。

今まで無事だったのでこれからも大丈夫と信じよう。

う、うーん。考えると不安になってきた。彼はいざとなれば地面に潜ることも、木の上に登ることだってできる。領都にいた時から自由に行動していたから今更か……。

この時間だとジャノは執務室かな？

宿舎の一階を区切って机を並べたんだよね。村長は村長で補給物資の管理とかしてくれていたんだけど、畑と家畜に加え収穫した作物やら管理しなきゃならないものが増えた。

喜ばしいことなのだけど、管理をしようとしたら事務作業が必要になるだろ？

他にもナイトメアが活躍している害獣駆除やらもある。

その辺りをまとめて管理できるように作ったのが執務室ってわけさ。一言で表現すると村役場みたいなものだな、うん。

執務室に行くと見知った長髪の優男が机に向かっていた。

「やあ、ジャノ」

「なんだい？　僕は雑事で忙しいんだが？」

「あ、ああ。ご、ごめん」

こいつはまずい。ジャノの眉間からしてご機嫌が斜めだ。

そらまあそうだろう。机にドサッと書類が積まれているのだから。これほどの紙をどこから仕入れたのだろう？

なんて思いつつ、そのままクルリと踵を返したら鋭い声が背中に突き刺さる。

「ほら、君もやるべし」

「え、ええ……」

「そこ、座る。いいね」

「え、いや、でも」

問答無用で机に座らされ、ドンと書類が置かれた。

い、いや、あのだな。書類仕事をしないと言っているわけじゃないんだ。

ここには官吏もいないし、俺とジャノでやらなきゃならんのは分かる。だ、だけどさ、俺には竜の巫女を治療するというミッションがあって。

「手が動いてないね」

「ほ、報告があって、それで来たのだけど」

「分かった。書類を処理しながら続けようか。君のところに置いたものは数字の計算をしなくていいものだ。ただただサインをすればいい」

「そ、それならやるよ」

ジャノに感謝だ。

彼は俺の事情を汲みサインをするだけでいいものだけ集めておいてくれたのか。彼だって暇じゃないのに任せてしまって本当に悪いと思っている。

村人から官吏をやりたい人を募ろう。計算ができない人でもいい。最初はみんな未経験だもの、学んでもらえればいいのだ。

これからの村運営は豊富な作物・家畜を基にした外部との交易も目指していく。

しっかりした管理組織は必須なのだ。

数枚サインをしたところでジャノに目を向ける。

「分からないところがあったかい？」

「いや、機械的にサインをしているだけだよ」

「となると報告の方かな？　種の研究が進んだのかな？」

「そそ。ついにレムリアンを見つけたんだ」

「なんだって。それならそうと先に言ってくれよ。一旦書類は中断しよう」

部屋を移し、ジャノと向かい合わせに座った。シャーリーが用意してくれていた紅茶を注ぎ、ふうと一息つく。

「レムリアンを見つけたと言ってもまだ君の頭の中でだけ、で状況はあっているかい？」

「さすがに察しがいい。レムリアンへ進化できる種を見つけたんだ。なんと、元はリンゴの種だよ」

「神の果実はリンゴという説もある。アンブロシアに近しいものはリンゴなのかもしれないね」

「それでさ、簡単にレムリアンに進化させてくれなかったんだ」

「そうだろうね。でなきゃ、君はレムリアンの種を持ってここに来ている」

「鋭い。さすがに鋭い」

「それで、僕のところにまず来たということは、進化に必要なものは何らかの素材だったのかな？」

「イグザクトリー（その通り）」

伝説のレムリアンを作成するための素材と聞いてジャノの知的好奇心が大いに刺激されたようだ。

彼にしては珍しく身を乗り出しトントンと自分のこめかみを指先で叩いている。

彼は考え事する時に指で何かを叩く癖があった。今も高速で彼の頭脳が回転しているのだろう。

ここはしばらく彼を待つべきか？

と思っていたら、すぐに彼の口が開いた。

「レムリアン。神の果実か。それに必要な素材……うん、心躍る。錬成、ではないけど似たようなものか。なら、凍れる雨とか太陽の欠片とか、その辺りの大層な名前の付いた素材かもしれないな」

「え、何で分かったの？」

「大当たりだったのかい？　どっちだ？」

「太陽の欠片の方だよ」

「ふむ。太陽の欠片ならば王都の著名な錬金術師の工房にあるかもしれない」

「それ、とんでもない価格なんじゃないの？」

「そうだろうね。言いたいことはそこじゃない。伝説は実在していて、実際に手に入ったということさ」

裏を返せば入手方法も分かるってことか。

ジャノが紅茶を飲むのに合わせ、俺も紅茶を口にする。

大して喋ってないのに喉が渇くのは、核心に迫る話をしているからだろう。

「ジャノはどこで手に入るのか知っているの？」

「実際に見たことはないけどね。太陽の欠片は炎のような花が咲き乱れる地にある」

「炎のような花……どっかで見たような」

「見たのかい⁉」

「どこだっけ。あ、クルプケが採ってきてくれた種にファイアフラワーの種ってのがあったんだ」

鼻先を自分の指で叩き、ふむと頷くジャノ。

炎のような花が咲き乱れる場所かあ。太陽の欠片の話を抜きにしても幻想的な風景が広がっていそうで俄然興味が湧いてきた。

「もう一つ。太陽の欠片は見えない」

「え、ええと」

「正確には人間の目には見えない。だけど、確かに在る。発見は使い魔かテイマーの連れているペットに頼んで、になるね」

「あ、そこはなんとかなると思う」

「そうかい。なら、見えないままで持って帰ってきて欲しい。布で包むと見えずとも持ち運ぶことができるよ」

よおっし。なんかうまくいきそうな気がしてきた。うまくいかなきゃその時考えればいい。

なるべく急ぎたいところだが、しばらくは時間的猶予かあるだろう。

あ、あああああ。問題があった。

「重要かつ致命的な綻びがあった」

「目に見えないのを『見る』ことはクリアできるのだよね？」

「そこは当たりはついている。うまくいけばって感じ。だけど、ファイアフラワーのところまでどうやって行けばいいのか見当がついてない」

「クルプケは君の使い魔じゃなかったのかい？」

「形だけだよ。俺には魔法の素養がなくて」

「それなら問題ない。クルプケに君がお願いすれば伝わるよ」

「そんなものなの？」

「そうさ。君はこれまでクルプケに何かお願いごとをしたことはなかったのかい？」

「いや、特には……」

「あれだけ可愛がっているんだ。きっとクルプケは君のことをお気に入りさ」

お気に入りさと言われましても……。

クルプケはペット感覚だったからなあ。放し飼いも甚だしいけど……。

「もきゅう」

「こっちか」

「もっきゅもっきゅ」

鼻をヒクヒクさせ鼻先で行き先を示すクルプケに導かれつつ荒野を進む。

それにしても、まさかこんなパーティになるとは思ってもみなかった。

今回ジャノは村でお留守番である。村の事情を鑑み、彼が再び村を抜けることになると色々なことが止まってしまう。

それに今回はクルプケの足で行った範囲だし、道中急ぐために馬……を連れてこようとしたらナイトメアが主張して「俺の背に乗れ」とさ。

彼には村での害獣駆除という役目があるので置いてきてもよかったのだが、ジャノがいるので村の警備は特に心配する必要はない。

彼とシャーリーにはいざとなった時のために種も渡している。

「ウマウマ？」

「そうだな、食事にしようか」

俺のお腹の前にはミニドラゴンのクレイとクルプケが埋まっていた。

お腹が空いたと主張するクレイに、そろそろ俺も腹が減ってきていたのでこの辺りで食事にすることを決める。

クルプケとクレイの食事はお手軽だ。

ナイトメアから降り、木の根元に腰かける。袋からリンゴと梨を出してクレイの口に突っ込んだ。

クルプケの足もとに梨を置くことも忘れない。

「ごめん、食事は後からで少し我慢して欲しい」

『グルルルル』

ナイトメアは肉食なので狩をするなりして現地調達になる。といっても、肉食の野生動物の常なのかこまめに食事をする必要がなかった。

一日、または二日に一回たんまりと肉を食べればよいみたいだ。

彼は出てくる前に捕獲したばかりのイノシシを食べてきたのでまだ食事の必要はない。

だけど、俺たちが食べるので彼に断りを入れた。

俺はナイトメアほどの食事量が必要なく、村に備蓄されつつある干し肉を持ってきている。

数日間なら肉を食べずとも平気だし。

「持ってきた分は全部食べてしまってもよいよ」

「ウマウマ」

「もきゅう」

食べきれるのかな、と思ったけどクレイがもしゃもしゃと持ってきた果物をすべて食べ切った。

体の大きさのわりによく食べるよな。枝の上を住処にしているくらいだし、ブレスで焼却処理をする時以外は食べ続けているのかもしれない。

果物も種を持ってきているのでいつでも現地調達可能である。

何もないところに突如リンゴの木があるのはどうかと思ったけど、誰も困らないしいいかなって。

現代地球では、種の保存の観点からむやみに外来種を持ち込むことは禁止されている。この世界にはそのようなものはないし、枯れた大地という厳しい自然は人間の食べられる植物が極端に少ない。そのような地域なのでリンゴの木一本くらいならよいだろうと判断した。

俺の種は成長力を極限まで高めているが、次世代を繋ぐ繁殖力はないように調整している。なので、リンゴの木による生態系への影響はない。

「よっし、行こうか。頼む、クルプケ」

「もきゅもきゅ」

お腹いっぱいになってウトウトし始めていたクルプケは、俺のお願いを聞きしゃきっと首を伸ばす。

クレイとクルプケ、そしてナイトメアと共に探索に向かった目的はもちろん太陽の欠片を採取するためである。

太陽の欠片は人間の目に見えない膜で覆われているらしく、見えないものは探しようがない。

そこでクレイである。俺の予想が正しければ、きっと彼が見えないものを見てくれるはず。

気の抜ける脱力系パーティ構成であるが、村の外はモンスター蔓延(はびこ)る魔境……は言い過ぎだけど、警戒するところは警戒しなきゃいけない。

といっても大概のモンスターはわざわざナイトメアに近寄ってこようなどせず、翌日にはクルプケがファイアフラワーの種を拾った場所まで到達した。


ここは火山のふもとらしく小高い丘になっており、遠目に火口が見える。

火口といってもマグマが噴出しているわけではなく、山の中腹ほどのところに大きな穴があったので火口だろうなと推測したに過ぎない。

丘の一番高いところからは見晴らしがよく、山の中腹と丘の間にある谷の地域も一望できた。

そこに広がっていたのは一面の朱色！

「すげええ！」

「ゴースル？」

まるで満開の彼岸花が群生しているかのような景色に思わず声が出る。

「ゴーはしないからね」

「ウマウマ」

近寄ってみないと分からないけど、あれはきっと彼岸花ではなくファイアフラワーに違いない。

残念、今ウマウマなものは持っていないのだ。太陽の欠片をゲットしたら梨の木の種を植えるから待っててくれ。

『グルルルル』

朱色の花畑に踏み入ろうとしたら、ナイトメアが唸り始める。

俺の目には何ら警戒する対象が見えないが目に見えない何かがいるのか？

といっても進まないと何も始まらないわけで、ここまで来て何もせず引き返す選択肢はない。

「お、おおお」

花畑は彼岸花ではなく、ヒマワリに似た花だった。色は鮮やかな朱色で茎も同じ。

根本から花の先まですべて朱色の植物だった。これがファイアフラワーだろうか。

しまった。事前に種を植えて現物を確かめておくべきだった……ファイアフラワーのある場所へ行くばかりが先に立ち実物があるのに実物を見ていなかったのだ。

今試してみるか。

ファイアフラワーの種の成長力を最大まで高めて、朱色の花と花の間に植え水をかける。

むくむくと成長したファイアフラワーの種は朱色の花そっくりに成長した。

「お、おお。これで当たりだな」

朱色の花はファイアフラワーで間違いない。

「クレイ、花以外に何か見える？」

「ゴースル？」

「ブレスで薙ぎ払ったら太陽の欠片ごと灰になるよ……」

『グルウウウアアアア』

俺の声をかき消すようにナイトメアの咆哮が響き渡る。

と同時に地面がゴゴゴゴと揺れた。

こいつはまずい！

「ナイトメア！」

クルプケの尻尾を掴みひらりとナイトメアに飛び乗る。クレイはパタパタと飛んで俺の肩に乗っかった。

ナイトメアが空に飛び立つと同じくして地面から巨大な何かがドドドドと姿を現す。

「ゴースル？」とクレイが言っていたのも、ナイトメアが警戒していたのもこいつが原因だったのか。

俺は全く気がつかなかった。まさか地面から来るとはな。

「なんだあのモンスター……」

岩で覆われた竜？とでも表現したらいいのか？

頭だけで一メートルくらいあり、口には鋭い牙が並んでいる。鎧のように岩を纏っている。

そいつはドオオオンと爆音と共に飛び上がり地面に着地した。

でかい。

全長十メートルを超える巨体だ。鱗の代わりに重たい岩の鎧で覆われているからか、一歩足を踏み出すだけで地面が揺れる。

『グルウウウアアア』

「待て、あの岩の鎧だ。雷撃は通らん。体当たりしたらこちらが怪我をする」

勇敢にも岩の竜に襲い掛かろうとしているナイトメアを押しとどめた。

ナイトメアと岩の竜じゃ相性が悪過ぎる。雷撃は岩を通さないし、あの巨体に体当たりなどしようものなら怪我をするのはこっちだ。

「俺がやる、合図したら岩の竜に接近してもらえるか？」

「クレイ、ゴースル」

「わ、分かった。一発だけな」

ナイトメアに話しかけたらクレイがゴーを主張してきた。

この状況なら太陽の欠片がどうこうってものはないだろ。クレイの小さな体から発せられるブレスがいくら高温でも岩の竜を滅するまではいかない。

うまくいけば多少のダメージを与えることができるだろ。

クレイが大きく息を吸い込み、岩の竜に狙いをつける。

ゴオオオオオオオオ！

火球のようなブレスではなく、レーザーのような熱線が発射され上から下に薙ぎ払われる。

悲鳴をあげることもなく、岩の竜が真ん中から真っ二つになりゴオオオンと崩れ落ちた。

「え……」

「ゴーシタ。ホメテ」

「え、えらいぞお。一発で倒したじゃないか」

「クレイ、エライ、イドラ、タスカッタ?」

「大助かりだよ！」

び、びびったぞ……。漏らしそうになるくらいに。

まさかの熱線レーザーにあっけにとられてしまった。クレイにブレスを使わせる時は慎重に場所と用法を選ばないと、とんでもない被害になるぞ。


「ナイトメア、降ろしてくれ」

たてがみを撫でると俺の意を汲み取って降下するナイトメア。

岩の竜が崩れ落ちた衝撃でまだ土煙がまっていてくしゃみが止まらない。

思った以上に重量があったんだな、この竜。

正直、竜の一種なのかも分からない。見た目が竜っぽかったから勝手に竜と言っているだけだからね。

「しっかし、大被害だな……」

広大なファイアフラワーの群生地の四分の一くらいが岩の竜の瓦礫で占められてしまった。

太陽の欠片が壊れてなければよいのだけど……岩の竜を放置するわけにはいかなかったし致し方なし。

それにしても岩の竜の岩は美しい。

海の青を切り取ったかのような澄んだ青色に波のような白が混じっている。

前世のパワーストーンのお店でこれに似た石を見たことがあるぞ。この青を見ているだけでなんだか癒される気がしたんだよな。

土と泥で汚れているけど、磨けばパワーストーンのお店で売っていたような石になるに違いない。

何て名前だったっけな、この石。

う、うーん。思い出せん。

「ウマウマ?」

「あ、ごめん。太陽の欠片を探さないとな」

「ウマウマジャナイ」

「そうだな。ウマウマはファイアフラワー群生地の外にでも植えようか」

そう言うと、クレイは喜びからかポンと小さな炎を口から吐き出した。

その後、ふよふよと飛んで小さな手で何かを指す。

彼の示す先には朱色の玉があった。

玉のサイズは直径三十センチほどで、グルグルと炎が動いているように見える。

不思議な石だな。これって岩の竜の目玉だったところじゃないか？

しゃがんで玉に触れようと手を伸ばす。

「熱っ！」

玉に触れる直前で熱を感じ反射的に手を離した。

燃え盛る炎のような熱を持つ朱色の玉は俺でも只者(ただもの)ではないと分かる。

この玉は持って帰るべきだ。海のような模様と色の岩で囲んでから袋に詰めれば持って帰ることができるだろ。

後でこの場所に再度やってきて海のような模様と色の岩をできる限り運ぶとしよう。

「クレイ、他に何か見えるかな？」

「ナイ」

「そ、そうか」

言いきられてしまったらどうしようもない。ある種の蛇はピット器官という熱感知の仕組みを持っている。

ドラゴンも鱗を持つ生物なので似たような器官を持ってないかなあと思って彼を連れてきたのだけど、どうやら失敗だったらしい。

もう少し周囲を見てもらってから判断すべきだけど、今回はこれで引いておくべきと考えた。

即答だったので、今度はジャノを連れてきて彼の指示の下クレイにもう一度見てもらうことにしよう。

くまなくファイアフラワーの群生地を見てくれと言っても広過ぎるからさ。

元々、一度の探索で発見できるなんて都合のいいことは考えていない。ファイアフラワーの群生地の場所が分かったので、次からはナイトメアで飛べば一時間もかからずここまで来ることができる。

何も得ることができなかったわけじゃないし、明日また来ればいいさ。

クレイの機嫌を損ねるよりはその方が断然いい。

「そんじゃま、梨とリンゴを食べてから帰るとするか」

「ウマウマ」

「もきゅきゅ」

俺たちは梨とリンゴをウマウマしてから帰ったのであった。

「なるほど。クレイを連れていったわけか。彼なら僕らの持たない色覚を持っているだろうからね」

「そうなんだよ。って色覚？」

「鳥やトカゲの使い魔と視覚を共有できることは知っているかい？」

「使い魔の見た景色を見ることができるってやつだっけ」

「そうさ。鳥やトカゲはどうも僕たちに見えていないものを見ているように思えるんだ。確かこの本に」

「ジャノは使い魔を持っていないんだっけ？」

「昔、持っていたことはあったよ。すぐにリリースしたけどね。その時に試した」

次回はジャノも一緒についてきて欲しいって話をしようとしたら、全然違う話になってしまったぞ。

俺も興味がある話なので、本を開きながら彼の説明を聞いた。

カラスの眼と視界を共有しても本物のカラスの見ている色を見ることはできない。

見る側の人間がカラスの持っている色をすべて再現することができないから、とか、カラスの目を通じて自分の目で見ているから、とか諸説ある。

何故、カラスの見ている色と人間の見えている色が違うのかってのは、色覚に違いがあるからだ。人間は赤錐体、緑錐体、青錐体という三つの色を感じ取る細胞を持つ。一方で鳥類は三つに加え、紫外線光を感知できる錐体細胞を持っている。たとえば、人間だと黒に見える壁であってもカラスには黒と紫が混じって見えていたりするかもしれない。

そういや、魚類は人間に見えない色が見えるとかで漁の時に魚にしか見えない色を使って漁をしているとか聞いたような気がする。

「勉強になった。それでさ、太陽の欠片は見つけることができなくて岩のような竜を倒して目と岩を持って帰ってきたんだよ」

「分かった。明日でいいのかな？　僕も行こう」

「ナイトメアならすぐだから、緊急時でもすぐ戻ることができるよ」

「緊急の鐘は聞こえないかな」

「そうだった……」

携帯電話がない世界なので、離れた場所で何が起こっているのかをリアルタイムで知る術はない。

「次回の話はここまで。岩の竜の素材を見せてもらえるかな？」

「もちろんだよ」

手持ちで持てるだけしか持ってきていなかったので、軒下に置いている。

朱色の玉は高熱を発しているから火事が怖いし、土を少し掘って半分埋めた状態にしているんだ。

さっそくジャノと共に軒下に向かう。

あ、そうだ。

「ジャノ、軒下に置いているけど、赤色の玉はクソ熱くて危険だから注意してくれ」

「君は?」

「俺はドノバンさんを呼んでくる」

「そういうことか。待っているよ」

熱いものに素手で触れることができるドノバンのスキルを思い出した。

珍しいものが手に入ったんだ、と彼に告げると、クワを置いて「急ぐぞ」と彼から背中を押され軒下へ。

ジャノは袋を開けずに待っていてくれて、せっかくなのでドノバンに袋を開けてもらった。

海のような青に目を奪われる彼らだったが、メインである朱色の玉を見た時に動きが止まる。

「こ、これは……」

「こいつは極上の玉だね」

ドノバンが指先をわなわなと震わせ朱色の玉に触れた。

俺では触れる前に条件反射で手を引いたのだけど、ドノバンは大事そうに両手で朱色の玉を掴み上げたではないか。

「熱さは問題ない？」

「うむ。儂は溶けた鉄に触れても平気じゃからな。こいつは火の宝玉。ドワーフの間で伝わる最上の宝の一つじゃ」

「ほ、ほおお。使い道があるの？」

「こいつがあれば炉の温度を思い通りに操作することができる」

「魔力か何かを使って操作するのかな？」

「察しがよいの。ドワーフ以外に扱えるのかは知らんが」

おお、まさかドワーフにとって最上の宝物だったとは。一目見た時からこいつは只者じゃないと思ったが、すぐに素性が分かるとはラッキーだった。

俺にとって特に役に立つものでもなし。飾って置いておくには火災が怖い。

朱色の玉……火の宝玉に埃がかぶり、埃が発火して……なんてことになりそうだもの。

熱過ぎて誰も磨くことができないし。

「ジャノ、俺は特に必要ないしジャノの研究には少しだけあればいいよな？」

「欠片でも保管が面倒だね。ドノバンさんが扱えるのなら彼に」

「俺も同じ気持ちだよ。ドノバンさん、よかったら炎の宝玉を使ってもらえないかな？」

「儂が？　火の宝玉を……か。火の宝玉は名工こそ相応しい」

渋るドノバンの心中は理解できた。

火の宝玉はドワーフの宝と言われるだけに名誉的な側面が強いのだろう。

鍛冶のことはとんと分からないけど、超一流の鍛冶師ならば炉の温度調整などお手の物。

火の宝玉などなくとも一流の製品を作り上げるさ。

「村の事情を鑑みると火の宝玉は非常に有効だと思うんだ。炉の温度を調節するだけで手を取られるじゃないか。ドノバンさんは農業もやっているし、鍛冶の準備に手を取られるくらいなら他のことに力を注いで欲しいんだ」

「そういう見方もあるか。分かった。借りる。じゃが、儂の炉にはちとこのサイズは大きい。削ってもいいかの？」

「削りカスはジャノの研究にでも使ってもらうか」

「ありがたい」

名誉ではなく機能として考えてくれと伝えたのが功を奏したようだ。

「この場で削るかの」

「おお。見たい、見たい」

ドノバンが腰に巻いた道具入れからノミとカンナを出してさっそく火の宝玉を削り始めた。

見事なものだ。玉を削って再び玉にするって難しそうなのだけど、あれよあれよという間に作業が終わってしまったぞ。

俺の目には凄腕に映るのだけどなあ、ドノバンは。

「粉状のものでも熱いのかな?」

「熱いぞ。粉ならコップの中にでも入れておけば保管はできるじゃろ」

「水の中なら平気ってこと?」

「うむ。細かいと力も弱い。ぬるま湯くらいまでしか温まらんの」

ジャノから君の戦利品だということで粉を半分に分け、自室に戻る。


「ふむ。こいつが宝ねえ」

肩肘をつき、水を入れた瓶の中で揺れる赤い粉を見つめ呟く。

太陽の欠片を探しに行ったらドワーフの宝を入手した。

本来の目的はこの種をレムリアンに進化させるべく向かったんだがなあ。

元リンゴの種を指先でつまみ何気なしに【種の図書館】を使用する。何度見たところで必要な素材が変化することはないのだけど、たまに確認したくなるよね?

俺だけだったらすまない。

「え、あれ?」

進化できる。レムリアンに進化できるぞ。

進化に必要な素材は確かに表示されている。そう「太陽の欠片」だ。

太陽の欠片なんて持ってないってのに。ファイアフラワーの群生地に行った時にお尻かどこかに太陽の欠片が引っ付いていたのかもしれない！

砂のように細かい素材だったらくっついていても不思議じゃないものな。

進化に必要な素材は極微量でも成立したりしなかったりする。今回は微量でも成立しているってことか。

コンコン。

その時扉が叩かれ、シャーリーの声が聞こえてくる。

「イドラさま、湯が整いました」

「ま、待って。シャーリー、その場を動かず」

「は、はい」

「扉もそのままで開けずに」

風で吹き飛んでしまったらすべてが水の泡だ。現時点で太陽の欠片が何かは特定できていないのだから。

たまたまでも何でも今レムリアンに進化ができるのであればそれでいい。

シャーリーと会話したことで脳内ウィンドウが閉じてしまった。それでは再びいくぞ。

『開け、【種の図書館】』

おっし、進化できる状態になっているな。

レムリアンに進化だ。

「お、おお。できた、できたぞ」

「何かあったのですか？」

「あ、ああ。竜の巫女を治療できる秘薬を探しているって言ってただろ。入ってきていいよ」

「失礼します。おっしゃっておりました」

「可能性のある秘薬の元になる種ができたんだよ」

「それで先ほど集中されていたのですね！　お邪魔しちゃいました」

「いや、全くもって問題ない。驚かせちゃったよね」

「いえ、おめでとうございます！」

このままシャーリーと踊り出したい気持ちであるが、まだ早い。

今できたばかりのレムリアンの種は『未強化』状態である。木が果実をつけるまでどれほどの時間がかかるのか。

少なくとも一年以内にレムリアンの果実を採集することは叶わないだろう。

そこで、強化だ。

「もう少しだけ種をいじりたい。呼んでくれたのにごめんね」

「分かりました！　でしたら私は食事の準備をしてまいりますね」

パタンと扉が閉まり、再び椅子に座る俺。

そもそも、標準状態であればレムリアンが実を付けるまでどれくらいの時間がかかるのだろうか。

実物が手に入ったので詳細パラメータを確認することができる。

「百年……。竜の巫女どころか俺も生きてないわ」

成長力を強化し過ぎると次世代の種が取れなくなるんだよな。

植えたら即収穫できるリンゴの木とかがそうだ。一世代限りなので外来種の危険など考えなくても済むのがよいところである。

一世代かつ寿命も短くすればそれだけ成長が早くなるんだ。

難しいところは、小麦などはこれに当てはまらない。小麦はリンゴの木のように即成長しきって実をつけるパラメータにすることができなかった。

レムリアンはどうだろうか。

まず標準状態(デフォルト)をチェックしよう。

ふむ、寿命は一万年。探せば今もあるんじゃないか……レムリアン。

寿命に対し繁殖力は極めて低い。これなら新たな種を得るのだったら、再度進化させて手に入れる方がよいか。

成長力+++にしたら繁殖力がゼロになった。もう一段階成長力を+したい。

この場合は他のパラメータを落として強化するのだけど、レムリアンの場合は通常の最高強化状態である＋三つでもまだ強化できた。

成長力＋＋＋＋＋＋だ。

これならそもそも成長が遅いレムリアンであっても竜の巫女の限界に間に合うはず。

「ウマウマ？」

「いっぱいあると思うよ」

翌朝になり、さっそくレムリアンの種を持って竜の巫女の元へ向かうことにしたんだ。

前回と異なりナイトメアで空を飛んでいくので昼食の用意さえ必要ない。

今回は一人で行こうかなと思ったのだけど、クレイが喜ぶかもと思って連れていくことにした。ちょうどナイトメアに乗ろうとしている時に彼を見かけたんだよね。

神殿を出る時にルルドへちょっとしたものを渡していて、きっと今頃神殿の周囲はクレイにとって素敵な景色になっているはずである。

『グルルルルル』

ナイトメアが唸り、一気に空へと飛び立った。

馬より遥かにスピードも出ているし、空からだと遮蔽物がなく速い速い。

あっという間に神殿のある崖が見えてきた。ここでナイトメアが高度を落としふわりと崖の上に着地する。

その場所は前回俺たちが蔦で登ってきた辺りだった。

ここからはゆっくりと歩き神殿に向かう。

「ウマウマ」

「お、気がついたか?」

神殿を囲むように新たな木がずらっと並んでいる。それらはクレイの大好きな甘い果実をつけているものもあった。

リンゴ、梨、洋ナシ、そして桃。

ざっと見たところだいたい半分くらいかな? 交互に植えたみたいで果実の生(な)っていない木はまだ成長途中だ。

「食べるのはちょっと待ってくれ。俺のものじゃないからさ」

「マツ」

よだれがダラダラ出ているんですけど……。

木の状態からしてルルドが神殿にいるはずだから、彼女を探そうか。このままじゃ気になって竜の巫女のところへ行けやしねえ。

彼が喜ぶかなと思って連れてきて、予想通り喜んでくれたみたいだけどここまで食べ物に対してウズウズするとは。

お、ちょうどいいところに。

空から枝をいじっているハーピーの姿を発見した。髪色がルルドと異なるから別のハーピーかな？

手を振る前に俺たちに気がついて彼女はこちらに降りてきた。

「ナイトメア……ということはイドラ様ですね！」

「う、うん。イドラだよ。この果実、少しいただいてもいいかな？」

「もちろんです！　すべて元はイドラ様の種ですから」

「ありがとう。クレイ、よいよ。思う存分食べてくれ」

待ってましたとパタパタと翼をはためかせ、一番近いリンゴの木の枝に乗っかるクレイ。

残されたのは彼のよだれだけ。

ふう、それじゃあ竜の巫女のところへ行こう。

「こんにちは、イドラさん」

「お待たせしました。試していただきたいことがあるのですが、相談があります」

「私にできることなら」

「不躾ですいません。神殿の外に使っても良い広い場所ってありますか？」

「果実の生る木ですか？　イドラさんがルルドに分けてくださったと聞いています。ありがとうございました。みなさん、とても喜んでいますよ」

「今回お持ちしたのも果実が生る木なのですが、何分大きな木でして」

「まさか……お持ちになったのですか？」

「そうです、幸運なことにレムリアンの種が手に入りました」

体力の消耗を抑えるためなのかイズミは感情表現に体を動かしたり、表情を大きく動かしたりすることがなかった。

しかし、この時ばかりは大きく体を揺らし開いた口が塞がらないといった様子だ。

幸運だったのは事実で謙遜しているわけではない。【種の図書館】でリンゴからレムリアンへ進化できることを発見したこともたまたま進化できる種を持っていただけだった。

最たるものは『太陽の欠片』である。ジャノの記憶と彼の持っていた本にある太陽の欠片と俺が求めていた太陽の欠片が同一のものだったのか別のものだったのかは分からない。

だけど、朱色の玉が俺の求める太陽の欠片で、進化できたことは本当にたまたまだったのだから。

神殿の外に出るとルルドと先ほどリンゴの木のことで尋ねたハーピーが揃って俺とイズミに向け手を振る。

「イドラさん！　見てくれた？　こんな沢山の木が！」

「ここでも無事に育ってくれてよかったよ」

「水をかけたらぶわっと育ったの！　イドラさんの村で見たけど、やっぱり信じられなくて。みんな驚いていたよ！」

「まだ果実をつけていない木からとれる種は植えたら成長するものだから。すぐ収穫できるようになった木は植えてもダメだから気を付けて」

「うん！　聞いてはいたけど信じられなくって。凄いよ、甘い果物が毎日食べられるようになるなんて夢のよう」

ルルドはまだ喋り足りない様子だったが、口をつぐむ。

彼女とて竜の巫女が神殿の外に出ることはただの散歩じゃないと分かっている。邪魔してはいけないと思っていても俺を前に気持ちが抑えられなかったというところか。

「私は特に桃が気に入っています」

「桃はもいでから数日経つともっと甘くなりますよ」

イズミがルルドに話を合わせてくれたので俺も彼女に乗っかる。

するとルルドも満面の笑顔で「わたしは梨です！　瑞々しくて」となって場が和んだ。

歩くのも辛いだろうに気遣いまでしてくれるとは、かなわないなあ。

彼女のような人こそ上に立つ人なんだな、と改めて思った。俺は名前だけの領主で、領主としての振舞いができていない。

他の人に領主を任せるわけにもいかないんだよなあ。領主の権限って結構大きくてさ。村人の意見を無視して村の方針を百八十度変えることだってできる。

現状、村政方針というものは打ち出しておらず、そのうち整備するつもりだ。

ジャノが差配し執務室で汗を流してくれている管理系の業務から、新しいルールを制定しなきゃならない。

現実に即したものとしなきゃ、制度が現実を引っ張ってしまう。

この状況で領主交代なんてしてみろ、俺のやり方を引き継いでくれればいいが「村政とはこういうものである」とかやられちゃったら、せっかくうまくいっていた村運営が足止めになる。

なので、少なくとも村が落ち着き制度を定めるまでは俺がトップでいなきゃならないんだ。あ、ジャノがやってくれるならもろ手をあげて賛成するけどね。

やってくれないかなあ……。

俺がお願いした時の彼の顔を想像し、背筋がゾッとした。

やばい、絶対にお願いしちゃダメだ。凍り付くような笑顔で「で？」って言われるに違いない。

「ルルド、神殿に近く広い土地に案内してもらえますか？」

「お任せを！」

俺が一人青くなっている間にもイズミとルルドの間で話が進む。

スキップをしながら進むルルドの後を歩くこと五分ほどで「広い土地」に到着した。

なるほど、背の低い雑草がまばらに生えているだけで見晴らしのよい開けた場所だ。

「では、さっそく種を植えますか」

「お願いします」

竜の巫女に了承を得たのでレムリアンをお披露目するとしますか。

俺たちの会話を聞いていたルルドが「え？　何々？」と興味津々で目を輝かせている。

彼女も何となくこれから植えられる種が何か想像がついていると思う。

よっし、懐から布の包みを出して開く。

中にはまつぼっくりのような変わった種が入っていた。これがレムリアンの種なんだ。

パッと見、種に見えないのだけど鑑定したらしっかりレムリアンの種と表示されている。

スコップで穴を掘ってまつぼっくりのような種を置き土を被せた。

「お水、いる？」

「水袋を持ってきているから大丈夫だよ」

ルルドが申し出てくれるが、種を育てるのに必要なものは持ってきている。

ただ、レムリアンの種は水じゃ発芽しない。

その場でしゃがみ、盛り上がった土に手をかざし目を閉じる。

伝説の果実レムリアンが生る木はリンゴの木と異なり、発芽させるためには魔力が必要だ。

どれくらいの魔力が必要なのか分からないところが痛いけど、試してみなきゃ何も始まらん。

意識を体内に流れる魔力に集中する。心臓から指先へ、集めることができる限り集め、目を開く。

「開け！」

一気に魔力を解放し種に注ぎ込む。

ぐ、ぐぐ。まだ足りないのか、魔力で種を発芽させたことは何度もあるけど、すぐに魔力が満たされ発芽していた。

しかし、こいつは更なる魔力を必要としているようで注ぎ込んでもまだ種に魔力が満たされた感覚がしない。

「はあはあ……こいつは相当だな」

「イドラさんの魔力が半分ほどに減っています。ご無理のない範囲でお願いしたいです。私のためにあなたが倒れることは本意ではありません」

「まだ大丈夫です」

「三分の一以下になるのはお避けください。ルルド、アレを」

表情には出していないが、内心竜の巫女の発言に驚いていた。

何にというと、他人の魔力残量を計ることができることに、だ。ジャノは大まかな魔力量は分かるみたいだけど、竜の巫女ほど正確ではなかった。

自分でもゲームのパラメータのように残りＭＰがいくつみたいには分からない。

魔力を一気に消費して疲労を覚えることはあっても、だいたい全量のどれくらいかな、と推し測るくらいだ。

そんな自分でも分からないことを正確に把握できるとは、しかも、俺の魔力は少ないので彼女からしたら僅かな違いにしか見えないはず。

凄いな、世の中には上には上がいるってことを実感させられたよ。

「イドラさーん、これを飲んでください」

「これは……？」

素焼きの壺を持って帰ってきたルルドが「どうぞ」と俺にそれを手渡してくる。

中にはどろどろした液体が入っていた。

が、とんでもない刺激臭がする！

これを飲めというのか、きっついぞ。

「飲めば魔力がたちどころに回復します。イドラさんの魔力ですと二口も飲めば全快します」

「マジックポーション！　そんな高価なものをいただくわけには」

「私が毎日飲んでいるものを少しおすそ分けするだけです。それに、あなたがこれから育てようとしている種は魔力の霊薬より遥かに貴重なものです」

「魔力切れを起こしそうになったらいただきます」

お気遣い感謝……だけど、できることなら飲みたくない。

イズミはこんな液体を毎日欠かさず飲んでいるのか。マジックポーションがなければもっと早く彼女の魔力が尽きていたかもしれない。

ん、となると前回神殿に来てイズミの魔力を推し測ったジャノの計算は間違っていたのかもしれないよな？

彼ならマジックポーションも計算に入れていたのかもしれない。いずれにしろ彼女は元々膨大な魔力を保持していたことは変わらないけど……。

「再開します」

ギリギリまで魔力を注ぎ込んでみるとしようか。

再び目を瞑り魔力を指先に集める。

ぐ、ぐうう。魔力が減り過ぎて頭がクラクラしてきたが、膝をついている状態なので倒れ込むことはない。

気絶する直前まで魔力を注いでやる。

「イドラさん、危険です」

「も、もう少し……お」

気を利かせたルルドが素焼きの壺を俺の口元に寄せてきたが、首を反らしてそいつを躱す。

「種に魔力が満たされました」

その場から離れようと立ち上がるとクラリときてルルドに支えられつつ、数歩後ろに下がった。

ちょうどその時、盛り上がった土から緑の芽が出てきた。

芽はビデオを早回ししているかのようにグングン成長し、木となり幹もドンドン太くなっていってそれに伴い高さもグングン増していく。

成長力を上げることができるだけ上げたのが功を奏したようだ。

それにしても、レムリアンの木ってどこまで大きくなるんだろうか？　説明には巨木と書いていたので広い場所を選んだのだけど……。

神殿付近にレムリアンの種を植えたかったのは、果実を継続的に食べる必要があるかもと思ったからである。

それに伝説の果実の木が村の中にあったら目立つってもんじゃないし、変な権力者まで招きかねないからさ。

どちらかというと後者の方が理由としては強い。

「大きな木だねえ」

「まだ成長しているから、しばらく様子を見よう」

はあ、と見上げるルルドに体を支えられながら俺もレムリアンの樹高に驚きを隠せないでいた。

「イズミさんは奥で休んでてくださって問題ありません」

「いえ、私もここで見守らせてください。これほどの巨木、目にしたことがありません」

「分かりました。楽な姿勢で見守ってくだされば」

「イドラさん、私に気を遣ってくださっているのでしたらお気遣いなく。ルルド」

うん！と元気よく返事をしたルルドがむんずと素焼きの壺を掴む。

え、え、ちょ、ちょまって。

ルルド、笑顔で迫られても困るのだが、困るんだよお。

魔力を限界まで消費している俺は疲労困憊だ。イズミもそれを分かって気にしなくていい、と言ってくれた。

疲れ切っている俺にルルドはマジックポーションを飲ませてくれようとしている。

口元に素焼きの壺がきただけで、「う」っと刺激臭にえづきそうになった。

「だ、大丈夫？　魔力が尽きかけてるんだよね？」

「そ、そうだけど」

「竜の巫女様がよいと言ってるから遠慮しなくていいんだよ」

「あ、うん……」

善意が、善意が痛い。

仕方あるまい、飲むしかないか。

覚悟を決める前にすでに口内にドロリとした液体が入ってきた！　こ、こいつはやべえ。

口に入れるとケミカルっぽさが半端ない。それでいて妙に甘く、喉から鼻先に刺激臭があがってくるではないか。

吐き出すわけにはいかないし、なんとか飲み込む。

「もう一回」

「え、あ、う……」

の、飲んだぞ。水、水をくれ。

幸い水袋を持っていたのでこれでもかと水を飲む。しかしまだ口の中に味が残っているし、鼻にこびりついた臭いが消えねえ。

「お、おおお」

胃が熱くなると共に全身に新たな魔力が供給されていく。二度と飲みたくないと思わせる味であったが、確かな効果がある。

これだけ魔力が回復すれば休む必要はない。

ある種の感動に打ちひしがれている時、レムリアンの木を指さしイズミが呟く。

「成長が止まりました」

レムリアンの木……いや、レムリアンの巨木はようやく成長を止めた。

樹高三十メートル以上はあるか。幹の太さはくりぬけば中で暮らせるほど。

成長が止まったってことはいよいよここからが本番だ。

枝の先に丸いものが出てきたかと思うと、みるみるメロンくらいの大きさになる。

そして、メロンくらいの大きさの果実が七色の淡い光を放つ。

「ルルド、あの果実をとってきてもらっていいか？」

「なんだか触れるのももったいないくらい綺麗な実だね」

ルルドが高さ十メートルくらいのところに生っていた果実をとってきてくれた。

その間にも次々に七色の果実が成長していく。

「イズミさん、これがレムリアンの果実です。間違っていない自信はありますが、さきに俺が毒見をします」

「その必要はありません。まず食べるなら私がいただきます」

レムリアンの種を用意した俺の想いに彼女も精一杯応えようというのだろう。

彼女の覚悟を無碍にするわけにもいかず、レムリアンの果実を彼女に手渡す。

皮を剥いて食べるのか、熱を通さなきゃいけないかも不明。

イズミは果実にナイフを入れ、中の実を少し切った。実も七色で食べるにはちょっと戸惑うな。

しかし、彼女は躊躇（ちゅうちょ）せずそれを口にする。

「これまで食べたどんな食べ物より、瑞々しく甘くて、飲み込むとじんわりとお腹が温かくなります。このおいしさは禁断の果実と呼ぶに相応しいかと」

「魔力の器の方はどうですか？」

「あなたの考え通りですよ。これまでどのような薬を使っても修復することのなかった魔力の器が僅かに元に戻っています」

「お、おおおお！」

ジャノが繋いでくれた嘘か本当か分からなかった伝説の果実「レムリアン」が彼女の魔力の器を癒すことができている。

母様、俺……今回は病魔を克服することができそうだよ。まだ、予断は許さないけど、レムリアンの果実を食し続ければ完治まで行けるはず。

母様のことと重なり、自然と涙が溢れてきた。

「やった、やったね！　イドラさん！」

「そうだな、うん」

俺につられたのか目に涙をためたルルドが抱きついてくる。

そんな俺たちの様子を聖母のような微笑みを浮かべ見守るイズミ。

彼女はこの後、メロン一個ほどの大きさがあるレムリアンの果実を食べきってくれた。

彼女曰く、あと三個くらいの果実を食べれば全快するとのこと。

だったら、食べれるだけ食べてもらおうじゃないかってことでその日のうちに追加でレムリアンの果実を三個食べてもらった。

もう無理そうですと言っていたが、なんとかなるものだな、うん。

イズミが全快したとなれば、あとは——。

「俺たちも食べようか」

「いいの⁉」

「お仲間のハーピーやリザードマンも呼んでみんなで食べよう。あ、そうだ。クレイも喜ぶに違いない」

「呼んでくるね！」

んじゃ俺もクレイを呼びに行くかな。

「少し外します」

「イドラさん、魔力の霊薬の残りをいただいてもいいですか？」

「あ、はい。元々俺のものではないですし」

「いただきますね」

上品に座っているイズミがコクコクと残りのマジックポーションを飲み干した。

あの味を表情一つ変えずに飲むとは、恐るべし竜の巫女である。

見ているこっちが「うえ」と来るほどあの味はやばいのだ。

「おーい、クレイ」

「クレイ、ココニイル」

ん、どこだ。って後ろにいた。いつの間に枝から下に降りてきたんだろう。

「甘い果実ができたんだ。クレイも食べない？」

「ウマウマ」

新しい果物にクレイが惹かれないわけはなく、ウキウキでついてきた。

こまめに小さなブレスを吐き出すほどご機嫌である。

戻るとルルドとお仲間のハーピーがレムリアンの果実を集めてくれていた。門番のリザードマンらも既に到着している。

「どうぞ！」

もう一方のハーピーが持っていたのかな？　籠いっぱいにレムリアンの果実が積まれている。

ルルドだけじゃなくもう一人のハーピーの女の子も彼女と同じようにレムリアンの果実を籠にのせて持ってきてくれた。

「皮も美味でしたよ」

「イズミさんも食べます？」

「わ、私はちょっと……遠慮しておきます」

「了解です」

無理に食べてもらったからさすがに食傷気味か。まだ彼女が食べ終わってから一時間も経過してないものな。

むんずと片手でレムリアンの果実を掴んでみた。ずっしりと重いがなんとか片手で持つことができるか。

そのまま持ち上げ、俺……ではなくレムリアンの果実をじーっと見つめているクレイに果実を向けてみた。

右、左、右と動かすに合わせて彼の目線だけじゃなく顔も左右に動く。

おもしれえ。

「ほおおら、レムリアンの果実だぞお」

「ウマウマ」

悪ふざけが過ぎた俺はレムリアンの果実を力いっぱい空高く放り投げた。

グングン高度を増していくレムリアンの果実に対し翼をパタパタさせて全速力で追いかけるクレイ。

果実が最高地点に到達し落ちてこようとしたところで、クレイが大きく口を開けてキャッチする。

「おおお、キャッチした！」

むしゃりとそのままクレイがレムリアンの果実をかみ砕いた瞬間、ぶわあああっと物凄い突風と煙が巻き起こった。

な、何事？

「クレイー！」

レムリアンの果実が爆発したとかないよな？

ハラハラする俺、突然の出来事に地面に伏せるハーピーの二人、周囲を警戒するリザードマン。

それぞれが『爆発』に対する反応を見せる中、唯一人竜の巫女だけは異なっていた。

立ち上がりただでさえ血色が悪い顔が更に青白くなり、ハタとなり両手を胸の前で合わせ両膝をつく。

祈るように煙の向こうを見つめている。

煙が晴れるとクレイの姿はなく、代わりに巨大なドラゴンが宙に浮いていたのだ！

鱗の色はクレイと同じであったが、サイズも顔つきもまるで異なる。

「リッカート様……！」

感極まったイズミの頬からつううっと涙が流れ落ちた。

リッカート？　目の前のドラゴンはクレイじゃなくリッカートなのか。

「クレイ、クレイー！　無事か！」

巨大な竜が何者なのかは分からない。リッカートってどこかで聞いた名前だな……と思うもクレイがいなくなってしまって気が気じゃなく、考えている余裕なんてなかった。

竜の巫女を救ってクレイが犠牲になってしまった、なんて冗談じゃ済まないぞ。

『竜の巫女よ。長きに渡り神域で祈りを捧げたこと、大儀であった』

「リッカート様、私はこの日を待ちわびておりました。大地に恵みがなくなり久しく、あなた様の領域の生きとし生けるものすべてがあなた様の復活を待ちわびておりました」

圧倒的な気配。思わず膝をつき拝みたくなるほどだ。

この竜は竜の巫女が祈りを捧げて待ち望んでいた存在か。クレイのことが気になって仕方ないけど、二人の会話から目の前の存在が何者なのか分かった。

竜が喋ることに対してはまるで驚いていない。この存在なら突如頭の中に声が響いてきても「そんなものか」と納得できる。

それほど大きな存在だった。

これまで俺が出会ったすべての存在が矮小なものだと思えるほどに。ジャノが規格外だと驚いていた竜の巫女さえも。

そいつの意識がこちらに向くのが分かった。顔を動かさずとも『分かる』とは、何ともまあ『神がごとき竜』らしいな。

『イドラよ。一言お主に告げたくてな』

「クレイは？　あなたなら分かるだろ。クレイの居場所はどこなんだ？」

丁寧な言葉を使うことも忘れ、思いのまま巨竜……いや古代竜リッカートに問いかける。

恐れ多くも彼の言葉さえ無視して。

『そのようなことか。クレイならここにおる。我だ』

「クレイなのか？」

『そうだ。クレイと我は同一の存在。時間がない、お主に一言告げたい』

「よかった……クレイは無事だったんだな」

『お主らしい。感謝する、イドラ。お主が大地に果実を実らせてくれたおかげでこうして我がお主に直接感謝の言葉を述べることができた』

待ってくれよ。クレイ。時間がないとか言わないでくれ。感謝の言葉なんていらない。ただ君がいてくれれば。だからさ、クレイ。

「なんだよそれ！　まだまだ食べ足りないだろ？　もっともっとリンゴでも梨でも種を植えるから」

彼の言葉からクレイがいなくなるような気がして、再び感情的に叫んでいた。

せっかく元の姿に戻れたんだろ。まだまだ「ウマウマ」し足りないだろ？

『お主が種を植え続ければ、また相まみえよう。今の我は仮初だ。まだ足りない』

「え？　それって」

リッカートからの言葉は帰ってこず、先ほどと同じような煙と暴風が俺の肌に叩きつけられる。

「ウマウマ」

「クレイー！　よかった！」

俺の元にパタパタと翼を動かして降りてきたクレイをギュッと抱きしめた。

とんだ勘違いだったよ。リッカートはまだ元の姿を保っていられるほど力を取り戻していない。

俺の種の力によって大地に果実が生り、一時的であるが彼が姿を現した。俺に感謝を伝えるためだけに。

「もう会えないかと思ったよ。リッカートがお前の真の姿だったんだな」

「クレイ、マダマダ」

「そうか、クレイが元の姿に戻れるよう沢山種を撒かなきゃな。イズミさんと相談しながらさ」

「ウマウマ」

ほんと食いしん坊だな、クレイは。

いいぞ、たんと食べるといい。レムリアンの果実はまだまだあるからな。

うまそうにレムリアンの果実にかじりつく彼を見つめ頬が緩む。

エピローグ　枯れ木に花を咲かせよう

「ようやく落ち着きそうだよ」

　ぼんやりと執務机の上で呟いた時、ノックの音が聞こえてくる。

「紅茶をお持ちしました！」

「ありがとう、シャーリー」

「あと少し……ですか、頑張ってください！」

「そうだな……」

　シャーリーの淹れてくれた紅茶は俺の好みで、自分で淹れた時と比べると段違いにおいしくて幸せな気持ちになる。

　しかしそれも、机の上にドサッとのった書類の束を見るとげんなりする。

　はあぁ、もう一人俺がいたらなと愚痴ばかりだよ。これももうすぐ終わり……になったらいいな。

　竜の巫女の住む神殿から戻ってからもう二ヶ月にもなる。

　神殿であった出来事はレムリアンの巨木のことも含め、おとぎ話の中の出来事のようだった。

　ジャノとシャーリーには神殿であったことを包み隠さずすべて話したんだ。クレイが古代竜リッカートだったこともね。

あの後少し面倒なことになってさ。

きっかけは定期的にやってくる補給部隊だった。月に一回来る補給部隊を通じて父にお願いをしただろ。物資の内容を変えて欲しいとか、行商をして欲しいとか。

父に伝えるということは補給部隊から父に村の様子が伝わる。するとだな、面倒な奴らも村の様子を知ることになるんだよね。

俺が領主に任命されたのだから、と安心しきっていた。

俺が竜の巫女の元から戻った翌日が補給部隊の来る日でさ、嫌な手紙を渡されたんだよ。

次男ヘンリーと第二夫人マーガレットから別々の手紙をね。書いてある内容は似たようなものだったことに笑ったけど。

『お前に領地経営などできるわけがない。俺がやろう』

『枯れた大地というのはあなたを驚かせるための嘘だったのよ。戻ってきなさい』

うまい汁を吸えそうだから俺たちに寄越せってやつだな。

放置しておいてもよかったのだけど、絡み手や偽装を使ってこないとも限らない。彼らは脳筋辺境伯領の貴族にしては悪知恵が働く。

彼とバチバチ権力争いをしている長男グレイグは典型的な脳筋なので邪魔どころか気づきもしないだろうし、父も似たようなものだ。

ならば、俺が直接行って父と話をつけてくるしかない。

「書類は終わったかい？」

「ま、まだだよ……」

涼やかな顔で尋ねてきた長髪の優男をじっとりとした目で見やる。

「慣れだよ慣れ。そのうち速くなる」

「ほんとかなあ……」

「行くんだろ？　面倒事は大きくなる前に芽を摘むに限る」

「助かるよ、ジャノ」

「はは。君一人だと解決できないわけじゃないけど、時間がかかるかもしれないからね」

そう、父と手紙で会う約束を取り付けた日が今日なのだ。

時刻は夕食時なので、今からナイトメアで領都に向かっても間に合う。

ジャノという強い味方に同行してもらい、厄介事をすべて今日で終わらせようというわけなのである。


そんなこんなで領都コドラムに到着した。大胆にも辺境伯宮のテラスにナイトメアを降ろしたら、そらもう大騒ぎになったよ。

村人の時とは異なりナイトメアは自分の認めていない領都の者たちに対して大いに威嚇して、

屈強な男たちの腰が引けていたのが滑稽だった。

ナイトメアを再び空に放ち、ジャノと共に一路父の元へ向かう。

「ふむ。直接来てもらって悪かったな。エルドはお前に任せた。補給部隊の言っていたことは俄かに信じられなかったが、エルドから届けられた作物を見て確信したよ」

開口一番、父は自分の想いを俺に伝える。

実直な彼らしい発言で、想いは変わっていないようでよかったよ。

さて、ここで彼の発言を聞くだけならわざわざジャノを連れてきてはいない。

ほら、来たぞ。今回の主役が。

「お待ちください。父上」

息を切らせて主役こと次男ヘンリーが待ったをかける。彼に少し遅れて第二夫人マーガレットも姿を見せた。

よしよし、さすがジャノの作戦だ。ナイトメアでワザと注目を集め、彼らの焦りを誘った。

父がいる場で直言するとなるとどうなるのかとか想像がつかなかったのか？

この辺は悪知恵が働くといっても脳筋領に恥じない動きだな。

「父上、イドラはそもそも兄上の部隊へ入隊する前の修行としてエルドに行かせたのですよね？」

「ずっと不毛の地に閉じ込めておくのは彼のためにならないとおっしゃっておりましたわ」

「うむ。そうだな」

二人の攻勢に父も頷く。

一見俺を慮った言葉であるが、元々長男の部隊への入隊を阻んだのはこの二人である。

俺としては部隊に行かなくて済んだ、二人はよい仕事をしてくれたって感想だけどな。

父の想いは事実だったのだろう。彼の想いと二人の想いは真逆なことは明らかであるが、みなまで説明する必要もないか。

「過酷な地には私が身を切り、勤めあげます。ひ弱なイドラを助けたいのです」

「確かにイドラはアレの看病のため修練をすることができなかった」

二人の顔がパッと明るくなる。

その直後、父の次の言葉で地の底に突き落とされたようになっていた。

「イドラはこのままエルドを治めてもらう。いや、治めてもらわねばならない。イドラ、過酷な地だと聞いているが、補給部隊を驚愕させたお前なら立派に務めてくれるだろう？」

「はい、父様」

上げて落とす。素晴らしいねえ。

ちょこっとばかし、気になる言葉もあったが概ね予想通り。

「二人は下がれ、ジャノはそのままでよい。お主にも改めて伝えたいことがある」

ハッキリと言われてしまっては下がらざるを得ず、とぼとぼと二人が去っていった。

彼らがいなくなったところで父が再び口を開く。

「ジャノ、これからもイドラを支えてやってもらえるか？」

「喜んでお受けします」

「しかし、驚愕したぞ。まさかイドラが『竜に認められし者』だったとは」

「イドラにはそれだけの力があったのですよ。もっとも、パオラ様を献身的に看病した経験があってのことです」

「そうだったのか。これから話すことはたとえ親族であっても聞かせるわけにはいかないからな。二人もくれぐれも王国民に知られないようにして欲しい」

ん、んん？　ジャノのやつ、他にも根回しをしていたのか。だから、「治めてもらわねばならない」だったのか？

「かつて王国は最悪の災厄によって滅亡寸前の危機に陥っていた。おとぎ話にもなっておるだろう？　黒龍と白竜の伝説を」

「創作ですよね。悪しき黒龍が王国を滅ぼそうと暴れ、白竜とその背に乗った勇者が黒龍を打ち破り、新たな王国を築いた。それが今の王国だと」

「うむ。事実は異なる。このことは王と恵みの古代竜の地と隣接する辺境伯のみに伝えられている事実だ。お前は既に竜の関係者だから知っておくべきだと思ってな。王にも手紙を出し、了承済みだ」

「そ、それでお会いするのに時間がかかったのですか？」

「そう思ってもらっても構わない。忙しかったのは事実だがな」

何となくこの先の話が見えてきたぞ。

続きを待っていたらすぐに父が言葉を続ける。


まず、おとぎ話のことだけど、黒龍がいたのは事実であったが、対峙したのは勇者と白竜ではなく古代竜リッカートだった。

目的も王国を護るためではなく、自らの領域を侵す黒龍と決着をつけるためだったらしい。

王国は黒龍に荒され彼の通った地は灰になり、王国の誰しもがリッカートに救いを求めた。

リッカートは灰になった大地に恵みを与え、再び農業ができるようになったのだという。

そして、リッカートは黒龍と一ヶ月にも渡る激しい戦いの末、これを打ち倒す。

その代償としてリッカートは死の直前まで追い詰められ長い眠りについた。その日以来、リッカートの加護を受けて恵み豊かだった大地は枯れた大地になった。

「竜の巫女から直接文が届いて驚愕したぞ」

「竜の巫女のこともご存知なのですか？」

「もちろんだ。彼女から願いがあってな。リッカートの領域をイドラ、お前に管理して欲しいと。期間は恵みの古代竜が目覚めるまで」

「な、なんてことを……」

理解したぞ。ジャノは竜の巫女に相談を持ち掛けたのか。

竜の巫女と王国には何か盟約みたいなものがあって、俺を借り受けたいとかそんな願いをしたのだと思う。

「そこでだ、イドラ。そもそもエルドは恵みの竜の領域であることは察しておるよな？」

「は、はい」

「王国民への見せ方の問題なのだが、エルド地域は名目上王国領として扱っている。だが、管理者たるお前が私の下ではよろしくない」

「話が見えないのですが……」

「これを」

父から王の蝋印（ろういん）が押された書状を受け取る。

『イドラ・コドラムをエルド伯爵に命じる。エルド伯爵の領土はエルド地域全域とする』

「え、えええ！」

「王命である。励め。私はお前のことを誇りに思うぞ！」

「わ、分かりました。ですが、エルドというのは不毛の地の代名詞になっていますので、王に進言したいことがあります」

「ほう、言ってみろ。私からも口添えする」

「エルドではなく、エルドラドとしてはどうでしょうか？　エルドラドには楽園という意味があります」

「不毛ではなく楽園か。王もきっと喜ばれることだろう。一ヶ月待て」

ガハハハと上機嫌に笑う父の元を辞す。

テラスまで来たところでキッとジャノを睨（にら）みつけた。

「やり過ぎだって！」

「僕もまさかここまでとは思っていなかったよ。イズミさんが辺境伯のことを知っているというので口添えしてもらいたかっただけだったんだ。君が領主に相応しいとね」

「知り合いの権力者からのお願いであいつらを完全にシャットアウトしようとしたんだな……確かに念には念をってのはいい手だ」

「だろ。でもまあいいじゃないか。これからも頼んだよ。伯爵様」

「やれやれだぜ」

パチリと指を鳴らしたら漆黒の馬が空をかけテラスまでやってくる。

「そんじゃま、帰るとしますか。俺たちの家へ」

「あはは。書類が君を待っているよ」

「途端に帰るのが嫌になったよ」

「すぐに終わるさ」

ジャノと冗談を言い合いお互いに笑う。

ナイトメアの背から見える領都コドラムは立派な城壁と辺境伯宮があり、よい街だなと改めて感じた。

俺たちもこれからコドラムにも王都にも負けない村……いや街に発展させていくつもりだ。

「見えてきたぞ、村が」

「果樹園を作り過ぎじゃないかい？」

「クレイが喜ぶし」

「あはは。果物が嫌いな人はいないし、村の特産にもなるからよい判断だと思うよ」

それにしても随分村も変わったなあ。

畑、牧場、そして果樹園。ガンガン輸出できる体制も整った。

しかし、他の村はまだまだこれからだ。どこって？　それはハーピーやリザードマンたちの村だよ。彼らの村にも花を咲かせに行かなきゃね。

よおっし、やるぞ！　ギュッと拳を握りしめ、ナイトメアの首をポンと叩く。

おしまい

あとがき

「スキル『種の図書館』で始める、のんびり気ままな領主生活〜転生したら「植物強化」しか取り柄がなかったけど、辺境開拓には充分規格外らしい〜」を手に取っていただきありがとうございます！

はじめましての方もしばらくぶりの方も改めまして作者のうみです。いきなりですが、ネタバレをしますのでご注意ください。

本作は当初メイドのシャーリーがもっと表に出てくる予定でした。ですが、友人のキャラクターが魅力的かつ主人公に足らない部分を持っていることもあり、主人公と友人にペットがメインで活躍するようにいつの間にかなっておりました。

男同士の友情という関係性が元々好みであったことも大きかったような気がします。

そういった意味で今作は私の趣味全開なところが多分に含まれていました。

主人公の能力である【種の図書館】は引き出しが非常に多く、機転次第でどのようなシーンでも活躍できる力を秘めています。開拓、食事、戦闘、なんでもござれであるものの、考え無しに使うと十分な効果が期待できない、といったおもしろい能力でした。

種の進化先を考えるために、結構な時間を費やしました。こちら楽しんでいただけましたら幸いです。

エルドはこれからまだまだ発展していく予定です。この先どのような村になるのかまだ作者にも分かりません。

最後に本作をお読みいただいたすべての方へお礼を申し上げます。

うみ

スキル『種の図書館』で始める、のんびり気ままな領主生活
～転生したら「植物強化」しか取り柄がなかったけど、
辺境開拓には充分規格外らしい～

2024年4月26日　初版第1刷発行

著　者　うみ

発行人　菊地修一

発行所　スターツ出版株式会社

〒104-0031　東京都中央区京橋1-3-1　八重洲口大栄ビル7F
TEL　03-6202-0386（出版マーケティンググループ）
TEL　050-5538-5679（書店様向けご注文専用ダイヤル）
URL　https://starts-pub.jp/

印刷所　大日本印刷株式会社

ISBN　978-4-8137-9327-4　C0093　Printed in Japan

[うみ先生へのファンレター宛先]
〒104-0031　東京都中央区京橋1-3-1　八重洲口大栄ビル7F
スターツ出版（株）　書籍編集部気付　うみ先生

話題作続々！異世界ファンタジーレーベル

ともに新たな世界へ

2024年7月 5巻発売決定!!!

平和を取り戻した獣人村に新たな来客が…!?

著・錬金王　　イラスト・ゆーにっと

定価:1485円（本体1350円+税10%）※予定価格

※発売日は予告なく変更となる場合がございます。